Vakantzen

VAKANTZEN

Comœdia barocco in vier Akten

von
Emmerich Kolovic

Zeichnungen
von
Richard Fehsl

LYNKEUS
VERLAG

Ein Tagesgeschehen in Hertzlichingen,
einem Marktflecken im Südwesten jener Länder,
wo gerade der Dreißigjährige Krieg zu Ende gegangen war.

Personen / Partes agere / Personaggi

Ortsbewohner / Incolae / Residenti

Der Schultheiss / & Justiziar & Profoß
Die Schultzin
Deren Filiola

Der Consulente / & Schulmeister
Seine Femina
Ihre Kammer-Magd

Der Administrator / & Apotheker
Der Kantzelläri / & Steuereinnehmer
Der Pater Pastor
Der Calfactor / & Schildwacht & Stundenrufer & Türknecht u. a.

Ortsfremde / Externi / Estrani

Der Petitor / & Lautenist
Der Eindringling

Der Major
Der Fähnrich
Der Gefreyter

Tierisches Geschöpf / Bestia / Essere animale

Das Lämmelein

Zeit / Tempus / Periodo

I Später Morgen
II Vor Mittag
III Nach Mittag
IV Früher Abend

Schauplatz / Theatrum / Scena

In der Mitte des halbkreisförmigen Straßen-Platzes befindet sich ein Ziehbrunnen, rund um ihn die Tor- und Fensterfronten der Häuser des Schultheiß und des Consulente, dazwischen eine Bierkellerei.

Ein besteigbares Turmgerüst aus Holz mit integrierter Zeugkammer des Calfactor und aufgestapelte Schuhbänke aus ehemaligen Verkaufsständen der Schuhmacher begrenzen die beiden Enden des Platzes, von denen aus ein Blick auf die Dächer der Dorfansiedlung möglich ist.

Erster Akt / Actus Primus / Atto Primo

Später Morgen
(Zunehmendes Tageslicht)

1. Auftritt

Zwischen den Schubbänken schläft und schnarcht der CALFACTOR.
Der EINDRINGLING *pirscht leise heran und umschreitet den Platz. Beim Ziehbrunnen angekommen, lässt er einen leeren Wassereimer hinunter. Am Haus des Consulente wird langsam das Tor geöffnet. Der Eindringling duckt sich.*

2. Auftritt

Aus dem Haus des Consulente tritt die KAMMER-MAGD *mit angefüllter Küchenschürze. Sie eilt zum Haus des Schultheiß und entleert diese vor dem Tor. Auf dem Rückweg bemerkt sie den Eindringling. Mit einem erschrockenen Aufschrei läuft sie in das Haus des Consulente zurück. Der Calfactor erwacht und sieht, wie der Eindringling gerade einen Eimer Wasser aus dem Brunnen zieht. Er ergreift Schild und Hellebarde und überrascht den Eindringling, worauf dieser den vollen Eimer hinunterpoltern lässt.*

CALFACTOR
spricht »st« und »sp« als »schd« und »schb«. Schdille gehalten!

EINDRINGLING
Wann Er mich gar so sehr erschröcket –

CALFACTOR
Schdehen gebleibet!

EINDRINGLING
Was sonst sollet ich bei solchener Bedrängnüß?

CALFACTOR
Antwortet auf meine Fragen!

EINDRINGLING
Fraget kurtz, mich plaget der Durst.

CALFACTOR
Wess Volkes?

EINDRINGLING
Wess was?

CALFACTOR
Zu welchenem Volke gehöret Er?

EINDRINGLING
Nu, ich gehöre zu jener lebendigen Sorte, die auf zwey Füßen stehet, darmit gehet und fortloffet, wanns brentzelich werdet.

CALFACTOR
Derjenige könnet ich so gut wie jeder andere sein.

EINDRINGLING
Gantz recht.

CALFACTOR
Ei, so kömmeschtu mir nit darvon. Das Paßwort, Bursche!

EINDRINGLING
Ich passiere nit, ich wollet hiarselbest verbleiben.

CALFACTOR
Das wolleten scho viele vor Ihm.

EINDRINGLING
Vielleicht aus gutem Grunde – so wie ich.

CALFACTOR
höhnt. Wohl in der Hoffnung, sich den Bauch mit Bratwürschd vollschdopfen zu können. Das tätet den Eindringelingen gefallen!

Aber hiar waxen die Paschdetleins nit wie die Pfifferlinge, denn hiar seihet kein Schlauraffenland.

EINDRINGLING
Von der Hand in den Mund möchet keiner gerne leben.

CALFACTOR
Dann gebrauch Er geschwind Seine Füßen zum Reißausnehmen!

EINDRINGLING
Meine braven Zwey haben mich viele Täg und Nächte durchgetragen, seind jetzo lahm und bedörfen der Rast. *Will den Wassereimer wieder heraufziehen, doch stupst ihn der Calfactor mit der Hellebarde, sodass er ihn wieder hinuntersausen lässt.* Aber ohne Wasser gehets mit mir bald zuend!

CALFACTOR
Beim erschden Hahnenschrei nehm ich Ihn feschd, wann Er bis darhin nit dortenhin gehet, wo Er hergekömmen.

EINDRINGLING
Hergekömmen bin ich von dorten, wos gewaltsam einhergehen tuet. Das vertreibet gar manche Persona.

CALFACTOR
So schdammet Er also von einem verschdreuten Volke, das nirgendwohin gehöret?

EINDRINGLING
Bin ich doch wie Seinesgleichen und darhero dieser Erden zugehörig.

CALFACTOR
Gleiche seind nit Dasselbige und Dasselbige seihet lieber unter Selbigen. Drum gehöret er dortenhin, wo Seinesgleichen unter Gleichen seind.

EINDRINGLING
Das verstehe wers wollet! Nur warum sollet ich unter Meinesgleichen verbleiben, wann diese hejmgesuchet werden von Ihresgleichen, die aber ein kriegerisch Handwerk betreiben und Elend und Jammer verbreiten tuen?

Calfactor
Schlachten seind der Landsknechte Brot. Drum hol Er sich als Solchener die Beute.

Eindringling
Das Niedermachen des Näxten widerstrebet meinem Gemüte. Und das Wehklagen der Verwundeten und Sterbenden mißfallet meinen Ohren.

Ein Hahnenschrei ist zu hören.

Calfactor
Jetzo werdet Seinem Gemüte der Hahnschrei mißfallen, den Er soeben gehöret, denn die Frischd seihet um! *Geht in die Zeugkammer.*

Eindringling
argwöhnisch. Was habet Er vor mit mir?

Calfactor
kommt aus der Zeugkammer mit Stricken. Er werdet jetzo gebindet und dem Tribunale vorgeführet. *Bindet dem Eindringling die Hände hinter den Rücken und einen zweiten Strick um den Hals.* So! Darmit habet seine Frechheit und Freyheit Pausa!

Eindringling
verwundert. Was veranlaßet Ihn, mich derartig zu befestigen?

Calfactor
Als Schildwacht bin ich verpflichtet, verdächtige Personae zu verschrenken.

Eindringling
erstaunt. Was für ein Verdacht?

Calfactor
Daß Er sich hiar als ausgefuxter Aushorcher herumtreibet.

Eindringling
betroffen. Aber mit der Ausfragerei habet doch Er beginnet!

3. Auftritt

Die Kammer-Magd *kommt aus dem Haus des Consulente, um ihre Wasserkrüge beim Brunnen zu füllen.*

Kammer-Magd
zum Calfactor, staunt. Oho, was für einen schlimmen Feind habet Er da requiriret?

Calfactor
zur Kammer-Magd. Einen Hühnerfänger, der vermeinet, in Hertzelichingen willkömmen zu sein.

Kammer-Magd
Wann er auf nix Böses sinnet, dann habet seine Verstrickung wahrlich nix mit Gastfreundelichkeit zu tuen.

Calfactor
Hinter Schmarotzern verberget sich meischd ein Schbion und wer wißet scho, für welchene Banda er uns auskundschaften tuet.

Kammer-Magd
Habet ers etwan eingestehet?

Calfactor
Verschone mich mit solchener Neugierd und verrichte lieber Deine Arbeit, so wie ich die meinige tue.

Die Kammer-Magd beginnt ihre Wasserkrüge zu füllen.

Calfactor
zum Eindringling. Zur Schildwacht bin ich beschdallet, aber auch als Schdundenrufer tue ich mich verdingen. Drum verschdehet, warum ich Ihn jetzo fixiren müßet. *Bindet den Halsstrick des Eindringlings an das Brunnengestänge, stellt Schild und Hellebarde in die Zeugkammer und entledigt sich des Brustharnischs und Helms.*

Eindringling
zur Kammer-Magd. Edele Jungfer, ich bitt Euch, spendieret mir einen Schluck vom Wasser!

Kammer-Magd
zum Eindringling, misstrauisch. Habet Er mich zuvorderest auch observiret?

Eindringling
Wie wohl? War ja noch alles grau im Grau.

Calfactor
herrscht die Kammer-Magd an. Scher Dich von hinnen – mit Gefangenen habet niemand zu tribuliren!

Die Kammer-Magd verschwindet mit ihren vollen Wasserkrügen im Haus des Consulente. Der Calfactor, als Stundenrufer verkleidet, steigt auf die Spitze des Turmgerüstes, bläst in ein dort liegendes hornähnliches Instrument und ruft dann über den Platz hinaus.

Calfactor
Horchet her, Ihr Leut und auchs Gesinde,
was ich Euch zu dieser Schdund verkünde:
Der Tag vertreibet die finschdere Nacht.
Von jetzo an haltet selbeschd die Wacht!

Nach einer kurzen Verschnaufpause.

Und bedünket schdets zu Eurem Heile:
Alle Dinge währn nur eine Weile!
Denn Zeit vergehet und wir gehen mit,
heint seind wir noch da und morgen scho nit.

Bläst nochmals in das Instrument und steigt dann vom Turmgerüst herunter.

Eindringling
Hoche Schildwacht, schenket mir wenigestens ein paar Tropfen aus diesem Brunn!

Calfactor
Gut, daß Er mich ans Schenken erinneret – ich bin nämelich auch der Bettelsammler dieses Fleckens. *Geht in die Zeugkammer und kommt mit neuer Verkleidung. Dann beginnt er mit einer Handglocke heftig zu läuten.*

Eindringling
Warum der Lärm?

Calfactor
Um Geld und Brot zu bekömmen. Brot für die Armen.

Eindringling
Und das Geld?

Calfactor
Das Geld seihet für den Türknecht, für den Totengraber und für den Bälgetreter. *Klopft auf sein Wams.* Ein Glück nur, daß ich die alle selbeschd bin!

Eindringling
So gebet mir was von der Brotkollekte! Keinen ärmeren Hund treffet Er zu dieser Zeit und keine Seel mit so leerem Magen.

Calfactor
Bevor Er nit abgeurteilet, gebets keinen Krummen.

4. Auftritt

Erst als der Calfactor in die Umgebung des Straßenplatzes verschwindet, kommt die Kammer-Magd *aus dem Haus des Consulente, sieht sich ängstlich um, eilt dann zu dem Eindringling und drückt ihm ein Käsestück in die gebundenen Hände.*

Kammer-Magd
Hiar – eßet was vom Schimlkaas, den ich meiner Herrin abgezweiget!

Eindringling
Habet Dank, edele Jungfer, aber wie sollet ichs nur zwischen die Zähne kriegen?

Kammer-Magd
Ich legs besser auf den Brunnenrand. *Führt es aus.* Vielleicht gelingets Ihm dann leichter.

Eindringling
bemüht sich kniend abzubeißen. So fürnehm getafelet hab ich scho lange nit.

Kammer-Magd
Ich müßet zurücke ins Hauß, sonst werd ich noch beschimpfet!

Eindringling
Verweilet einen Augenblick und saget mir, obs hiar in diesem Flecken Unterschlupf und Broterwerb gebet.

Kammer-Magd
Wohl scho, aber die werden von ein paar wenigen Schabhälsen vergeben.

Das Geläute des Calfactor wird wieder lauter.

Eindringling
Wie friedlich seihets hiar im Orte?

Kammer-Magd
Wir leben ohne Forcht vor Feindschaften.

Eindringling
Habet niemand Sorge vor Plunderungen?

Kammer-Magd
Die Schildwacht, wie Er merket, haltet Obacht.

5. Auftritt

Der CALFACTOR *stürzt herbei, sieht die Kammer-Magd beim Eindringling stehen und zerrt sie vom Brunnen weg. Diese schlägt wild um sich.*

CALFACTOR
zur Kammer-Magd. Weg von diesem Subiectum! Oder ich arretire Dich wegen fahrläßlicher Hülfe!

KAMMER-MAGD
zum Calfactor, frech. Als Bettelsammler habet Er kein Recht, an meiner Persona Hand anzulegen!

CALFACTOR
zum Eindringling. Und Er laße die Pfoten von dem Obiectum!

EINDRINGLING
richtet sich auf. Wann Er mit Pfoten meine Füßen meinet, so wärs wohl ein Kunststückel, mit selbigen das Kaasstückel zu erwischen.

CALFACTOR
bindet den Halsstrick des Eindringlings fester. Ihm seihet nit zu trauen.

KAMMER-MAGD
zum Calfactor, empört. Als Bettelsammler habet Er auch kein Recht, den armen Manne so zu quälen!

CALFACTOR
zur Magd, böse. Halte bloß Dein loses Maul, sonschd verpfeif ich Dich bei Deiner Herrschaft!

EINDRINGLING
zum Calfactor. Verschon Er wenigestens die Jungfer mit Seinem Feldwaibelgehabe!

CALFACTOR
legt rasch wieder Brustharnisch und Helm an. Schergeant seihet mein Titul! Und jetzo wieder mehr Reschbekt, wann ich bitten dörfet!

6. Auftritt

KANTZELLÄRI
herbeieilend. Heftiges Geläut verheißet Gutes für die Gemeine-Cassa! *Zum Calfactor, die Hand aufhaltend.* Das Halbe gehöret der Steuer, wann ich bitten dörfet!

CALFACTOR
Zu schbät, Herr Schdeuereinnehmer. Der Bettelsammler habet sich bereits wieder in die Schildwacht gewandelet.

KANTZELLÄRI
deutet auf den Eindringling. Und dieser fette Fisch dorten an der Angel?

CALFACTOR
Den auszunehmen schdehet Euch frey.

EINDRINGLING
für sich. Jetzo fehlet noch, mich auf einem heißen Ofen verbraten zu wollen.

KANTZELLÄRI
zum Eindringling. Keine Gräte sollet Ihm gekrümmet werden, sofern Er die Durchreisesteuer auf Heller und Pfennig bezahlet.

EINDRINGLING
zum Kantzelläri. Ich reise nit durch! Ich wollet hiar im Orte verbleiben. Trotz aller Beschwerlichkeiten, denen ich ausgesetzet werd.

KANTZELLÄRI
Beschwerlich seihet – exempli causa – das Herumtragen von Gold. Wieviel besitzet Er darvon?

EINDRINGLING
So viel, um darvon zu verhungern.

KANTZELLÄRI
Womit wollet Er dann all die anfallenden Steuern begleichen? Exempli causa: Die Verzehrsteuer –

EINDRINGLING
Wollete ja was essen, nur könnete ich nit!

CALFACTOR
zum Kantzelläri. Auch vom Brunnwasser wollete er trinken – ich könnets bezeugen.

KANTZELLÄRI
zum Eindringling. Scho allein fürs Vorhaben seihet eine Vorsatzsteuer fällig.

EINDRINGLING
wendet den Kopf zum Himmel. Oj weh, wo bin ich da nur hingeraten?

KAMMER-MAGD
zum Eindringling. Bewahret ruhiges Blut. Wo nix seihet, seihet auch nix zum Holen.

KANTZELLÄRI
zum Eindringling. So werd ich wohl prüfen müssen, ob sich nit der eine oder andere Taler in seinem Gewande verstecket. *Zum Calfactor.* Runter mit Wams und Hose!

Der Calfactor beginnt an der Kleidung des Eindringlings herumzuzerren.

KAMMER-MAGD
Ihr Herren, schamet Euch, den Mann da vor mir zu entblößen!

KANTZELLÄRI
zur Kammer-Magd. Ein Steuereinnehmer dörfet nit erröten. Fiscus non erubescit.

CALFACTOR
öffnet dem Eindringling die Oberkleider, die der Kantzelläri durchsucht. In anderen Landschdrichen würdet er sogar das Fell über die Ohren geziehet bekömmen.

KANTZELLÄRI
zum Eindringling. Weh Ihm, wann ich nix finden tue! Dann werdet Er fortan nix zum Lachen haben.

Eindringling
für sich. Als wär ich zu meiner Belustigung hiar.

Kantzelläri
schnuppert. Was stinket mir so erbärmelich in die Nasen? *Zum Calfactor.* Seihets etwan das Parfum des Totengrabers?

Calfactor
Leichengeruch könnets wohl nit sein. Den letzten Toten hab ich scho vor etlichen Monden eingescharret. Ehender dünket mich, daß es vom Brunn her riechet –

Kantzelläri
entdeckt das Käsestück. Holla – hiar lieget ja die Quelle des Übels!

Kammer-Magd
erschrickt. Der Schimlkaas!

Kantzelläri
zum Eindringling. Leugnet Er weiterhin Speis und Trank? Wollet Er die Gemeine-Cassa um die Steuer prellen? Das werdet Ihm teuer zu stehen kömmen! *Zum Calfactor.* Wie kömmet der Kaas hiarhero?

Calfactor
Die Kammer-Magd werdets wohl am beschden wissen.

Kantzelläri
ergreift das Käsestück mit zwei Fingern. So nehm ich den Kaas ad acta und hinterleg ihn bei unserem hochlöblichen Herrn Justitziar als Argumentum. Das bin ich meinem Ampte schuldig. *Zur Kammer-Magd.* Und Du werdest darfür in ius vocare die Folgen tragen!

Kammer-Magd
zum Kantzelläri. Seid gnädig, gnädiger Herr, und gebet mir den Kaas zurücke.

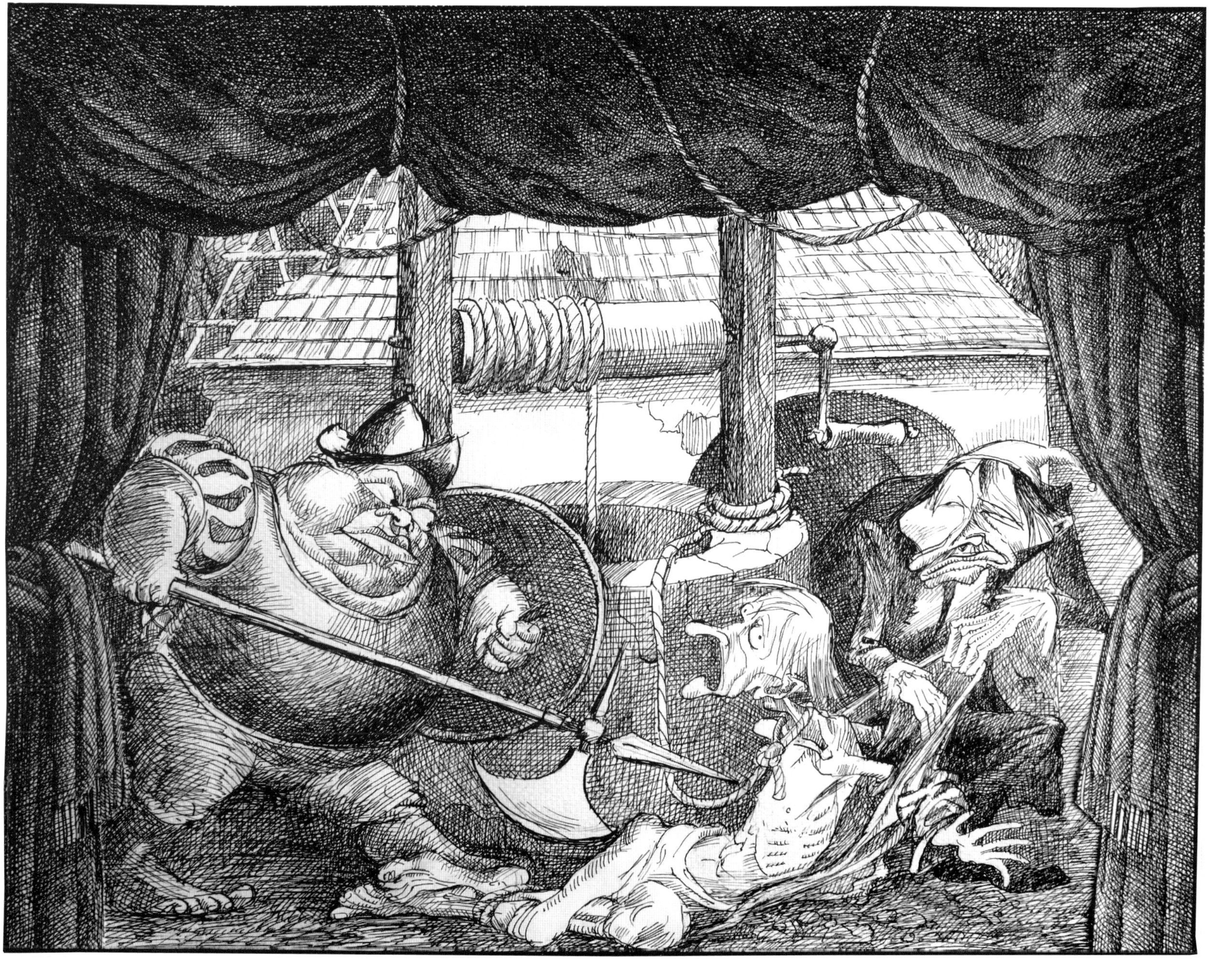

Kantzelläri
Wann ich scho keinen Groschen Steuer einnehmen tue, dann sollet mir wenigestens dieses Confiscatio Anerkennung verschaffen. *Geht mit dem Käsestück in das Haus des Schultheiß.*

Eindringling
zum Calfactor. Gebets noch mehr solchener Scharfmacher in diesem Flecken?

Calfactor
beginnt den Eindringling wieder notdürftig zu bekleiden. Unser Collegium Comitiale seihet viel geschdrenger noch.

Eindringling
Und wer seind diese Claritäten?

Calfactor
Der hochlöbliche Herr Schultheiß seihet einer von ihnen. Er verschdehet die Juschdification, als wäret er Scheffe beim Jüngeschden Gericht.

Eindringling
Und die anderen?

Calfactor
Der hochlöbliche Herr Consulente. Als unser Schulmeischder schbrechet er das Lateinische, als wäret er der Papschd in persona. Der Drütte im Collegium seihet der Herr Adminischdrator.

Eindringling
Und was für ein Hochlöbliches seihet dieser Herr imstande?

Calfactor
mit vorgehaltener Hand. Ein Alchymischd!

Eindringling
Dann scheinet ja die Gemeine in guten Händen zu sein. Nur – warum werden mir die meinigen gebindet?

Calfactor
erschrickt. Die Füßen! Faschd hätt ichs vergessen. *Bindet mit einem weiteren Strick die Füße des Eindringlings zusammen.*

Kammer-Magd
zum Calfactor, vorwurfsvoll. Er malträtiret ihn ja zu Tode!

Calfactor
Vor dem Examiniren müßet jedermann ruhig geschdellet werden. So lauten meine Order.

7. Auftritt

Femina
aus dem Fenster des Hauses des Consulente. Saumensch, wo steckestu so lange? Denkete scho, Du seiest im Brunn ersaufet!

Kammer-Magd
deutet auf den Eindringling. Ein armer Mann auf der Flucht vor Bestialitäten werdet hiar von Amptes wegen schikaniret.

Femina
Meinestu den Galgenvogel dorten am Stricke?

Kammer-Magd
klagt. Die Obrigkeiten waren nahe dran, ihn gantz nackend zu machen.

Femina
Ah, gefallet er Dir, Du Männernärrin? *Verlässt das Fenster und kommt aus dem Haus.*

Calfactor
devot. Prima luce salvete, verehrte Frau des hochlöblichen Herrn Consulente!

Femina
zum Calfactor. Verschon Er mich mit seinem Lateinisch. Darvon höret ich genugsam in meinem Ehebette! *Zur Kammer-Magd.* Untu verzieh Dich in das Hauß, ehenderstu Dich in diesen Gesellen vergaffest!

Kammer-Magd
zur Femina. Mich habet bloß ein Mitleiden ergreifet. Ein solchenes seihet Euch wohl unbekannt.

Femina
Mitleiden hab ich genugsam mit Deiner Persona, sonst hätt ich Dich nit bei mir installiret.

Kammer-Magd
Ja, für die allerdreckigsten Verrichtungen.

Femina
droht. Jetzo flieg endelich in Deinen Käfig, Du hergeloffener Speivogel, ehender meine Maulschelle Deinen Mauskopf noch mehr verhuntzet!

Die Kammer-Magd schleicht gedemütigt in das Haus des Consulente.

Calfactor
nimmt Haltung an. Bin gantz zu Ihren Dienschden, verehrte Frau des hochlöblichen Herrn Consulente!

Femina
Verseh Er nur brav den Seinen und vermeld Er die Gefangennahme dem darfür competenten Herrn Justitziar. Unterdesset observir ich diesen Neuankömmeling.

Calfactor
Wie die verehrte Frau des hochlöblichen Herrn Consulente befehlichen.
Marschiert in das Haus des Schultheiß.

FEMINA
umschreitet den Eindringling. Seine Statura erinneret mich stark an einen meiner Vettern.

EINDRINGLING
Ei ja? Aus welchenen Landen?

FEMINA
schwärmt. Aus wilden älpischen Regionen, wo starke Felsen sich steil und stramm hervortuen, und die voll Glut seind, wanns die Abendsonn treffet –

EINDRINGLING
trocken. Und blumige Wiesen von munteren Quellen gespeiset werden. *Fleht.* Ach, wie mich dürstet!

FEMINA
für sich. Seine Poesis laßet auf eine edele Herkunft schließen. *Unvermittelt.* Er seihet gewiß mein Blutsverwandter!

EINDRINGLING
Ei ja? In welchenem Grade?

FEMINA
Hoch genugsam, um bei meinem Gemahl, dem Herrn Consulente, ein offenes Ohr für Seine Angelegenheiten zu finden.

EINDRINGLING
So könnet ich hoffen, bald aus meiner mieslichen Lage befreyet zu werden?

FEMINA
nah am Gesicht des Eindringlings. Mehr noch! Ich werd Ihm unter die Arme greifen, wann Er einer Charge bedörfet.

EINDRINGLING
Ei ja? Zu welchenen Bedingungen?

FEMINA
Gottesfürchtig müßet Er sein. *Leidenschaftlich.* Und lendenstark!

Eindringling
Zuvorderest wäre mir mit Wasser mehr gedienet.

Femina
Viel Köstlicheres erwartet Ihn in meinem Gemach!

Eindringling
für sich. So scheinet mir bald ein anderes Ungemach bevorzustehen.

8. Auftritt

Consulente
kommt mit Büchern unter dem Arm aus seinem Haus. Die Kammer-Magd berichtet mir von Ungerechtigkeiten.

Femina
deutet auf den Eindringling. An diesem Manne hiar. Sehet nur, wie ihn die Schildwacht beinah scho executiret habet!

Consulente
Wahrscheinlich gefährdet er unseren Flecken. Oder wißet Ihr, warum er hiar verweilet?

Femina
Gedanken könnet ich nit lesen, aber vom Äußerlichen her seihet er das leibhaftige Bildnüß meines Oheims und müßet darhero mein Vetter sein.

Consulente
War nit zuvorderest ein Vetter Gast in unserem Hauße?

Femina
Von väterlicher Seite, gewiß. Aber dieser hiar scheinet dem mütterlichen Stamme entsprießet.

EINDRINGLING
zum Consulente. Hochlöblicher Herr, ich werd hiar als Eindringeling behandelet!
CONSULENTE
zum Eindringling. Multa tulit, multa tulit. Leider müßet Er noch einiges ertragen.

FEMINA
Lieber Mann, Ihr seihet doch der Consulente im Collegium Comitiale –

CONSULENTE
Liebe Frau, ich berate dorten die Herren Collegae und bin mit meiner Stimme darbei, wanns zu beschließen anstehet. Non acheronta movebo. Allein könnet ich die Hölle nit bewegen.

FEMINA
enttäuscht. Ach, was hab ich nur für einen Ohrenbläser zum Manne!

CONSULENTE
Mundus regitur opinionibus. Die Welt werdet eben von Meinungen regiret.

FEMINA
Wann Ihr an des Vetters Stelle wäret, würdet Ihr anders denken.

CONSULENTE
Im guten Lateine heißet das: Si tu hic esses, aliter sentires.

FEMINA
zornig. Sparet Euch das Latein für die Schul auf! *Nah am Ohr des Consulente.* Lahret mich lieber was Handfesteres.

CONSULENTE
Spiritus nec carnem habet nec ossa.

FEMINA
neugierig. Oh, Ihr sprechet was vom Fleische –

CONSULENTE
Der Geist habet weder Fleisch noch Knochen. *Entfernt sich eiligst.*

FEMINA
ruft dem Consulente nach. Feiger Tropf!

EINDRINGLING
So lieget mein Schücksal allein in Euren Händen.

FEMINA
leidenschaftlich. Wonniglicher wärs, lieget Er mir in den Armen!

EINDRINGLING
nüchtern. Mich schmertzen meine Glieder – und übern Magen wollet ich zuvorderest gar nit klagen.

FEMINA
Ich werde den Administrator für unsere Sach gewinnen. Der seihet mir gewogen, weil Vergangenes verpflichtet. Geduld Er sich einstweilen bis ich wiederkehr! *Eilt fort.*

9. Auftritt

Der PETITOR *mit umgehängten Reisebeutel und Saiteninstrument, ständig tänzelnd, kommt aus der anderen Richtung.*

PETITOR
staunt beim Anblick des Eindringlings. Ojemine, wie kömmet der brave Brunn darzu, den schlimmen Pranger zu ersetzen? *Zum Eindringling.* Du seihest wohl ein großer Schelm!

EINDRINGLING
Mehr Freundelichkeit würdet meinem Befinden gut tuen.

PETITOR
Wann ich zu Ihm freundelich sein sollet, dann müßet Er mir behülfelich sein.

Eindringling
Hülfe hab ich wohl mehr vonnöten.

Petitor
Einer hinterm anderen! Vielleicht seihet grad Er der rechte Mann für mich, denn wer am Boden lieget, dem staubet so manches Wissen in den Hals.

Eindringling
Wär mir der Hals nur frey, ich machet mich aus dem Staube.

Petitor
Wie mir zu meinen entzückend kleinen Ohren gelangete, seihet der Pickelhering von Hertzelichingen an einen hochherrschaftelichen Hofe avancieret und seine Stelle darhero vakant. Drum such ich allhiar eine fürnehme Persona, die mich in dieses Ampt beförderen könnet.

Eindringling
Bloß auf Seine Visage hin? Meine scheinet ehender den Weibern zu gefallen. Von den Männern gebets nur Grobheiten.

Petitor
enttäuscht. Dann bin ich am falschen Ort! Wo Weiber das Verlangen haben, könnet einer wie ich keine Existentia begründen.

Eindringling
Das Weib des Consulente baltzet nach einem Mann.

Petitor
Irret Er nit? Für gewöhnelich baltzen ja die Männer.

Eindringling
Hiar seind sie halt verkehret.

Petitor
freudig. Verkehret? Dann bin ich am richtigen Ort!

Eindringling
Sei Er nur vor der Schildwacht auf der Hut, sonst werdet Er als Fremdeling so verstricket, wies eben mir geschehet.

PETITOR
Fremd bin ich nirgendwo. *Nimmt ein Geldstück aus der Tasche, schupft es in die Höhe und fängt es wieder auf.* Dieser Paß habet überall Gewicht.

EINDRINGLING
Den werdet bald der Steuereinnehmer lukrieren und Seine Persona bis auf die Haut visitiren.

PETITOR
für sich. Ein Vergnügen, dem ich mich gerne unterziehen würd!

EINDRINGLING
Suchet Er ein Unterkommen, so müßet Er zuvorderest ein gantzes Collegium gewinnen.

PETITOR
Mir genüget die Freundschaft mit bloß einer fürnehmen Persona.

EINDRINGLING
Die seind alle in der Gemeine beamptet.

PETITOR
enttäuscht. Dann bin ich doch am falschen Ort! *Begleitet die nachfolgenden Verse auf seinem Saiteninstrument.*

Das Lied von der Sehnsucht nach Freunden.

Laß mich, mein gütiger Gott,
die Freunde rasch erkennen,
und keinen unbewähret
zu meinem Freund ernennen.

Tue meine Augen weit auf,
daß ich sie recht besehe,
und ihrer Tück und Falschheit
mit Deiner Hülf entgehe.

Sollet ich auf dieser Welt
nit viele Freunde haben,
so gebet mir bloß einen –
mit ihme mich zu laben.

Der sei dann der wahre Freund,
der mich zum Glücke führet,
wann ich all sein Lieb und Leid –
mit Haut und Haar verspüret.

EINDRINGLING
trocken. Amen.

10. Auftritt

Der SCHULTHEISS *ist schon während der letzten Liedstrophe des Petitor aus seinem Haus gekommen. Ihm folgen der* KANTZELLÄRI *und der* CALFACTOR.

SCHULTHEISS
geht auf den Petitor zu. Mit solchenen Tönen werdet Er die Justitzia nit verführen können! Minnesang betäubet die Hertzen der Weiber, uns Männern stehlets nur die Zeit. Drum saget kurtz und bündig, was Er in unserem Marckflecken suchet.

CALFACTOR
von der Anwesenheit des Petitor überrascht. Hoho – ein zweyter Eindringeling!
Bedroht den Petitor mit der Hellebarde.

KANTZELLÄRI
drängt den Calfactor zur Seite. Zuvorderest gehöret er in meine Competensis!

CALFACTOR
Nit ehender als ich ihn examinir!

Schultheiss
Zuvorderest laßet ihn auf meine Fragen Antwort geben!

Petitor
Ihr lieben hochen Herren, ich bin erstaunet und gerühret ob solchener Zuneigung zu meiner Persona grata. Gerne möchet ich Ihnen mein Anliegen demonstriren. Wie mir leicht anzumerken seihet, bin ich auf Engelesflügelen hiarhero geschwebet, um mich der Vakantz eines Pickelherings zu erbarmen. So mir die Obrigkeiten ihren Segen darzugeben, wollet ich dieses schwere Ampt in aller Demut auf mich nehmen.

Schultheiss
Wißet Er überhaupt, welchene Pflichten einen Pickelhering erwarten tuen?

Petitor
Mit Fleiß werd ich nit sparen! *Für sich.* Nur schuften möchet ich durchaus nit!

Schultheiss
zum Kantzelläri. So mach Ers ihm kund, ehender wir uns mit seiner Persona befassen tuen.

Kantzelläri
Nun, in unserer Constitutio stehet: Der Pickelhering müßet zum Begräbnüß bitten können, beim Leichenschmaus Braten und Brot zerlegen, die Lichter putzen und immerzu feste einschenken, denn Trauer machet durstig.

Eindringling
schwach. Wasser!

Kantzelläri
unbeirrt. Nein, Bier!

Petitor
Das wollet ich gerne verrichten.

Kantzelläri
Weiters müßet Er die Einladungen zur Taufe schreiben, die Gäste zum Schmause empfangen und immerzu feste einschenken, denn auch Freudiges machet durstig.

Eindringling
lauter. Wasser!

Calfactor
herrscht den Eindringling an. Er seihet nit gefraget!

Petitor
Wann das alles seihet –

Kantzelläri
Es gebet noch mehr zum Tuen! Bei Hochzeiten müßet Er die Gratulationen überbringen, feierlich danken, Geschenke überreichen und endelich der Braut –

Petitor
Feste einschenken!

Kantzelläri
Nein, – die Schuh ausziehen.

Petitor
verzieht das Gesicht. Mir seihet auch das nit zuwider.

Kantzelläri
Ferner: – durchmarschierenden Officirern das Bier präsentiren und ihnen –

Petitor
Die Stiefel ausziehen.

Kantzelläri
Nein, – feste einschenken! Denn Marschieren machet besonders durstig.

Eindringling
sehr laut. Wasser!

Calfactor
zum Eindringling. Schdöret nit das hoche Tribunale, sonschd gebets für Ihn eine extrige Schdraf!

Schultheiss
zum Petitor. Jeder vacirende Dienst müßet bei uns in pleno consessu vergeben werden. Drum sollet Er beizeiten kundtuen, mit welchenen Referenzen Er bestücket sei.

Petitor
Ehender sich mein Hertze für Hertzelichingen erwärmete, ward ich in Rumpelshausen Saucenverkoster, in Zipfelwitz Perückenbestäuber und in Bröselheim sogar Bettenüberzieher.

Schultheiss
Mit Erfahrungen scheinet Er qualificiret zu sein. Aber welchener Ruhm gereichet Ihm zur Ehr?

Petitor
Keine von mir im Kampfe Besiegten zähl ich zu meinen Ruhmesblättern. Aber die von meiner Sangeskunst Beglückten seind in der Tat eine erkleckliche Zahl.

Schultheiss
Also Frauenzimmer.

Petitor
Für einen mit meinen Vorlieben wäret das zu kühn gesaget.

Schultheiss
Stammet Er vielleicht aus adeligem Geschlechte?

Petitor
Vollends ausschließen könnet ichs nit, doch fehlen mir darzu die Urkund.

Schultheiss
tritt an den Petitor heran. Was haltet Er vom heiligen Ehestand? *Nahe beim Ohr des Petitor.* Eine mannbare Tochter nenn ich mein eigen.

Petitor
stottert. So seihet auch ein Schwähersohn vakant? *Gefasst.* Nun ja, ein Posten, nach dem mich, um ehrlich zu sein, wenig gelüstet.

Schultheiss
Wer sprechet von Lust? Von Heurat seihet die Rede!

Petitor
zögerlich. Das müßet zuvorderest mein Kopf verstehen, ehender mirs in die Glieder fahret.

Schultheiss
Was habet Verstand mit Ehestand zu tuen? Wollet Er nun Pickelhering werden oder nit?

Petitor
Gewiß, doch nit um jeden Preis.

Schultheiss
ungeduldig. Bered Er das mit meinem Eheweib. Mich drängen jetzo andere Geschäfte. Die Gerechtigkeit wartet, gerichtet zu werden.

Eindringling
Und wo seihet mein Recht, gehöret zu werden?

Kantzelläri
zum Eindringling. Hiar geltet römisches Recht, von dem Er nix verstehet!

Schultheiss
erst jetzt über die Anwesenheit des Eindringlings verwundert. Wer seihet dieser ungehobelte Flegel?

Calfactor
Mit Verlaub, hochlöblicher Herr Schultheiß, das seihet der Eindringeling, den ich Euch vermeldet.

Schultheiss
zum Calfactor. Wieso seihet er nit im Stockhauß und ans Eisen geschließet?

Calfactor
stammelt. Weils dorten an Plätzen mangelet. Der Herr Apothecarius benutzet das Schdockhauß als Lager für seine Ertzeneien.

Schultheiss
zum Kantzelläri. Als Secretario unseres Convents verhör Er diesen Landstörtzer an Ort und Stell und verfaß Er darüber ein giltiges Protocollum für die näxte Session. Als Steuereinnehmer hurt Er hernach zum Pachtmann unserer Gemeine und füll Er die Cassa mit dessen fälligem Tributum.

Kantzelläri
verneigt sich. Wies Eure Claritát beorderet, so werdets geschehen –

Schultheiss
Aber nix mit Unrecht! *Eilt fort.*

Kantzelläri
zum Eindringling. Wir wolletens rasch hinter uns bringen. *Packt sein Schreibzeug aus.* Name, Alter, Religio, Herkunftsort –

Eindringling
zum Kantzelläri. Mir brummet der Schädel, ich bitt Euch um Entstrickung!

Calfactor
zum Eindringling. Red Er, solange Sein Schädel noch am Rumpfe schdecket!

11. Auftritt

Schultzin
kommt mit dem Käsestück aus dem Haus des Schultheiß. Was müssen das für lumpige Leut sein, die mir allemal den Kehricht vor die Nase schütten, und was zuvorderest jene für Halunken, die mir einen verderbten Quark sogar ins Hauß hineintransportiren! *Wirft das Käsestück verächtlich auf den vor dem Haus befindlichen Abfallhaufen.* Wann ich diese Rabenäser erwisch, dann erteil ich ihnen eine Lection, die sich gewaschen habet!

Calfactor
zum Petitor. Höret nur, wie der Drachen Feuer schbeiet!

Petitor
zum Calfactor. Gebet Gott, daß Sprichwörter lügen und Töchter allen, nur nit ihren Müttern nachgeraten.

Schultzin
zum Kantzelläri. He, Schreiber, nehmet meinen Casus zum Protocollum. Die Mißetäter müssen ausgeforschet und abgestrafet werden. Wozu hab ich einen Rechtsgelahrten zum Manne!

Kantzelläri
zur Schultzin. Das kunnt ein heikeler Actus werden, denn dieser Schimlkaas –

Schultzin
Stinket zwar zum Himmel, – ich aber fordere ein irdisches Verfahren!

Kantzelläri
unterwürfig. Ich werd ein diesbezügliches Papyr abfassen und dem Tribunale zugängelich machen.

Eindringling
Wann bin denn endelich ich an der Reih?

Kantzelläri
zum Eindringling, unwirsch. Bis ich frey bin von wichtigeren Aufgaben. *Zur Schultzin.* Verehrte Frau Schultzin, im Auftrag Ihres ehrwürdigen Herrn Gemahl sollet ich Ihnen einen reputirlichen Cavaliere präsentiren, der vielseits beschlagen und, nach dem Habit zu schließen, manch stattlichen Pfennig im Beutel traget. *Zeigt auf den Petitor.*

Petitor
spielt mit einem Geldstück. Der rote Batzen da in meiner Hand seihet nur ein Teil davon.

Kantzelläri
Dieser Cavaliere wünschet nun, in unserem Marckflecken zum Pickelhering beförderet zu werden.

Schultzin
Potz Fickerment! Was gehets mich an?

Kantzelläri
Euer Gemahl, der ehrwürdige Herr Schultheiß, habet vorgeschlagen, diese vakante Stell und Eure holde Jungfer Tochter miteinander zu verknüpfen.

Schultzin
freudig erstaunt. So, so, so! Habet er also. *Begutachtet den Petitor.* Ein bißchen klein geraten und nit sehr rundelich. Da werdets wohl viel Maulfutter brauchen.

Petitor
zur Schultzin. Drum käme mir der Pickelhering sehr zustatten.

Schultzin
zum Kantzelläri. Habet Er ihn scho examiniret? Nach Herkunft und Vermügensstand –

Kantzelläri
Nix Ungünstiges haben wir herausgefindet. Im Gegenteil. Er scheinet von hocher Sangeskunst begnadet zu sein.

Schultzin
Ein Musicus würdet unserem Lieb-Kind bestimmt gefallen – spielet sie doch die Flöten! *Zum Petitor.* Darmit Ers gleich von Anfang an wißet: Von der Haushaltung verstehet unsere Filiola wenig und vom Kinderkriegen rein gar nix.

Petitor
zur Schultzin, erfreut. Da auch ich meine Keuschheit bewahren möchet, käme mir dieser Umstand sehr gelegen.

Schultzin

Dann wolleten wirs in Gottes Namen probieren. *Ruft in die Richtung ihres Hauses.* Hertzebinkelchen, wo steckestu? Deine Lieb-Mutter rufet Dich! Kömm heraus auf die Gassen!

12. Auftritt

Filiola

steckt ihren Kopf aus dem Fenster des Hauses vom Schultheiß, lispelt. Lieb-Mutter, was sollet ich heraußen?

Schultzin

Ein Freyer stehet vor der Tür! Binde Dir die weiße Schürtze um und tue fein ehrbar.

Eindringling

Entbindet mich endelich von den Stricken!

Calfactor

zum Eindringling, ungehalten. Schweiget! Hiar wollet sich ein Paar zum ewigen Glücke verbinden.

Eindringling

brüllt. Gebet mir meine Freyheit wieder!

Calfactor

bindet dem Eindringling ein Tuch durch den Mund und um den Kopf. Ich bin so frey und erschbar Ihm Seine weiteren Commentari.

Filiola

kommt aus dem Haus. Lieb-Mutter, hiar bin ich.

Petitor

geht auf die Filiola zu und macht seine Aufwartung. Der tugendreichen Jungfer einen freundelichen Gruß von mir!

Filiola
zur Schultzin. Was wollet der Kerl?

Schultzin
Dummes Ding! Freyen wollet er Dich! Reich ihm die Hand, er nehmet sie in allen Ehren.

Filiola
zum Petitor. Mein Herr, meine Lieb-Mutter saget, ich sollet Euch die Hand geben. Ich hoffe nur, Ihr gebet sie mir wieder zurücke!

Petitor
ergreift ihre Hand, drückt sie fest an seine Brust, wendet aber sein Gesicht ab. Willkömmen, edeles Kleinod, Zierde meiner ferneren Wege, Garantin meiner Beförderung –

Filiola
Lieb-Mutter, der Kerl da wollet meine Hand nit mehr loslassen!

Schultzin
Entzieh sie ihm, mein Kind, sonst dächte der Herr noch, Du seiest nit mehr wohlfeil.

Filiola
versucht ihre Hand loszureißen. Laßet los, ich bin nit Euer Brotsack!

Petitor
lässt die Hand der Filiola los. Ich bin gekömmen, um Eure Schönheit anzubeten.

Filiola
Lieb-Mutter, der Mann da redet von Dingen, die ich nit verstehe.

Schultzin
Er werdet Dir den Verstand scho öffenen.

Filiola
Das alles erscheinet mir so sonderbar.

Schultzin
Nix seihet sonderbarer als keinen Mann zu kriegen.

Petitor
kokett. So denk auch ich.

Schultzin
zur Filiola. Drum gehet jetzo miteinander ins Hauß und zeigs ihm von drinnen. Er sollet sehen, mit wem ers zu tuen habet! Und vergeß nit, die Truhe mit Deiner Mitgift aufzumachen.

Filiola
Lieb-Mutter, kömmet mit uns! Ich förchet mich, mit ihm alleine zu sein.

Petitor
zum Calfactor. Auch mich erfaßet ein Schaudern.

Schultzin
nimmt die Filiola und den Petitor bei den Armen und zieht sie zu ihrem Haus. Ach, du meine Güte, was seind das nur für Fisimatenten! *Geht mit ihnen ins Haus.*

Kantzelläri
packt sein Schreibzeug wieder ein, zum Calfactor. Da nun dem Deliquenten das Maul versperret seihet, könnet er auch nix reden. *Zum Eindringling.* Die Ampteshandelung seihet vorläufig beendiget!

Der Eindringling stößt unartikulierte Laute aus.

Calfactor
zum Kantzelläri. Gönnet Euch doch ein Gläßchen Kümmelwasser, Herr Kantzelläri. Das befreyet Leib und Seel von so manchen Widerwärtigkeiten des neuen Tages.

Kantzelläri
Ich hab noch Aufträg.

Calfactor
Die Examinirung des Deliquenten loffet Euch ja nit darvon. *Lacht.* Wie denn auch, wann er von mir verschdricket gehalten werdet!

Kantzelläri
Er habet mich überredet. Ich nehm einen kräftigen Schluck, ehender ich zum Pachtmann unserer Gemeine eil, um seine Steuer einzusäckelen.

Der Calfactor deponiert Brustharnisch, Helm und Hellebarde in der Zeugkammer und geht mit dem Kantzelläri in die Bierkellerei.

13. Auftritt

Die Femina *kommt mit dem hinkenden* Administrator. *Sie bleiben vor dem Brunnen stehen.*

Administrator
Der Herr Collega werdet bestimmt für Euren Vetter votiren.

Femina
Verlaß seihet nit die stärkeste Tugend meines Mannes. Möget er in der Schul und auf den Schuhbänken mit seiner Weisheit gläntzen, für die Wünsche seines Weibes stellet er sich dämlich an.

Administrator
anzüglich. Da ward ich ein gantz anderes Kaliber!

Femina
Ja, da ward Ihr auch noch nit so krumm wie heint.

Administrator
leise. Die Flucht aus Eurer Bettstatt –

Femina
spöttisch. Ach Gott, Ihr armer Stolperer!

Administrator
begafft den Eindringling. Was? Diese Jammergestalt sollet Euer Vetter sein?

Femina
Die Schildwacht habet ihn dermaßen zugerichtet.

Der Eindringling stößt unartikulierte Laute aus.

Administrator
zur Femina. Seine Begrüßung fallet recht bescheiden aus.

Femina
Weil er nit so recht sagen könnet, was er sagen wollet, drum saget das ja alles, was darzu zu sagen seihet. *Nahe beim Ohr des Administrator.* Sorget darfür, daß ich ihn mittags bei Tische hab!

Administrator
leise, anzüglich. Wollet Ihr ihn vielleicht gar zum Nachtisch verschmatzen?

Femina
Blutsverwandte schmecken meist weniger bekömmelich.

Administrator
Also wann ich mich für Euren Vetter breitmach, so nur dessetwegen, weils zwischen uns beiden eine saftige Verbindung gegeben habet.

Femina
heuchelt. Eure Alchymi werdet mir unvergeßelich bleiben!

Administrator
Dann grüßet mir den Herrn Collega. *Klatscht der Femina auf den Hintern.* Ihr süßes Miststück, Ihr!

Femina
Oh, Herr Administrator, schwellet Euch der Kamm gar wieder?

Administrator
Um mir darüber Klarheit zu verschaffen, müßet ich zuvorderest was Klares zu mir nehmen. *Humpelt in die Bierkellerei.*

Femina
zum Eindringling. Ich geh, den Mittagstisch zurichten. Seihet Er für eine kräftige Speckbrühe oder ehender für einen fetten Kalbskopf? *Für sich.* Ach so, Er könnet sich jetzo nit entscheiden. *Leidenschaftlich.* Dann werd ich Ihn mit zartem Fleische überraschen! *Eilt in ihr Haus.*

Der Eindringling stößt unartikulierte Laute aus.

14. Auftritt

Der Calfactor *wackelt aus der Bierkellerei, verkleidet sich in der Zeugkammer als Stundenrufer und steigt schwerfällig auf das Turmgerüst.*

Calfactor
ruft über den Platz hinaus.
Horchet her, Ihr Leut und auchs Gesinde,
was ich Euch zu dieser Schdund verkünde –

Steigt höher hinauf.

Die Sonne brennet auf uns hernieder,
drum schützet den Kopf und auch die Glieder!

15. Auftritt

Die KAMMER-MAGD *schleicht aus dem Haus des Consulente, schaut sich ängstlich um und eilt dann zu dem Eindringling.*

KAMMER-MAGD
Oh, Ihr Ärmester seihet schutzlos der prallen Sonn ausgesetzet!
Stülpt dem Eindringling einen Leinensack über den Kopf.

Der Eindringling stößt unartikulierte Laute aus. Die Kammer-Magd verschwindet rasch im Haus des Consulente.

CALFACTOR
auf der Spitze des Turmgerüstes angekommen, ruft über den Platz hinaus.
Und bedünket schdets zu Eurem Heile:
Alle Dinge währn nur eine Weile!

Bläst krampfhaft in das hornähnliche Instrument.

Zweiter Akt / Actus Secundus / Atto Secondo

Vor Mittag
(Greller Sonnenschein)

1. Auftritt

Seitlich vor dem Brunnen, an dem der EINDRINGLING *festgemacht ist, sind die Schubbänke aufgestellt. Zuoberst sitzen – in altrömisches Obergewand gehüllt und mit verwelkten Lorbeerkränzchen auf den Köpfen – der* SCHULTHEISS, *der* CONSULENTE *und der* ADMINISTRATOR, *etwas unterhalb der* KANTZELLÄRI. *Daneben steht der* CALFACTOR *mit schwarzem Lederschurz und weiter Mütze. Er schwingt einen Holzhammer und lässt ihn auf seinen, am Brunnengestänge hängenden Brustharnisch niedersausen.*

SCHULTHEISS
laut. Die Mittag-Session des Collegium Comitiale seihet hiarmit eröffnet! *Zum Kantzelläri.* Herr Secretarius, welchene Vorkömmnüße stehen an, welchene Causi geltets zu beraten und welchene Wichtigkeiten zu beschließen?

KANTZELLÄRI
erhebt sich. Primum Punctum: Der Steuerfluß in unserer Gemeine-Cassa laßet zu wünschen überig. *Setzt sich.*

ADMINISTRATOR
Wieviel wurde heint eingenehmet?

KANTZELLÄRI
erhebt sich, blättert in Papieren und rechnet. Anzig und Eyßig seind Infzig, weniger Ürzig, geteilet durch die Ehne, also summa summarum – nullus. Nix. *Setzt sich.*

SCHULTHEISS
Was zahlete unser Pachtmann, den Er doch zuvorderest aufgesuchet?

Kantzelläri
erhebt sich. Er laßet die werten Herren des Collegium Comitiale schön grüßen und untertänigest um Stundung bitten. Herumstreunende Spitzbuben hätten ihn beraubet. Ohne Schutz und Trutz seihets ihm auch fürderhin bange, die Früchte seiner Arbeit so lange in Obhut zu halten, bis er sie zu gegebener Zeit günstig verhökeren könnet. *Setzt sich.*

Administrator
Mit unserer Schildwacht alleine werdet dem Pachtmann nit gedienet sein. Da bedörfets scho einer größeren Schar in bester Rüstung, um solchenen Plunderern Einhalt zu gebieten.

Schultheiss
Und woher sollet ein solchener Trupp seinen Sold erhalten, wann die Gemeine-Cassa leer? Herr Consulente, was ratet Ihr?

Consulente
nach kurzem Nachdenken. Meine Idea zu dem Casus und sicher auch die communis opinio, die allgemeine Meinung, wäre: Die angewerbten Soldati solleten sich statt des Soldes an den nachbarlichen Gemeinen schadenlos halten und dorten requiriren, was sie für angemessen befinden.

Schultheiss
Contra legem! Das seihet ja Kriegsbrauch und Friedensbruch zur selbigen Zeit! Habet Ihr vergessen, was auf dem Röteli geschwöret und in den Documenta verbriefet ward?

Administrator
mit stolzem Brustton. Neutralitas und abermals Neutralitas!

Schultheiss
Und nix mit Unrecht!

Consulente
eingeschnappt. Der große Cäsar hättet zuvorderest gar nit darnach gefraget. Omnia conando. Durch Wagnis seihet alles zu bekömmen.

Schultheiss
De iure stehets in unseren Privilegiari mit dicker Dinten: Solange wir stillehalten und uns an Niemandes Besitztum vergreifen tuen, verweilen wir unter dem Schutze des churfürstelichen Hofes.

Kantzelläri
erhebt sich. Mit Verlaub, Eure Claritäten, in den Privilegiari stehet auch eine obligatio pecuniae, daß nämelich diese nur dann von Giltigkeit seind, wann die Gemeine die Interessen der fremden Capitalis abführet, was aber scho seit geraumer Zeit nit geschehet. *Setzt sich.*

Schultheiss
zum Administrator. Herr Collega, was treiben eigentlich so die Capitalis? Ihr seid doch competentis für die Vermehrung der uns anvertrauten Patrimonii!

Administrator
Sie seind hochinvestiret in neue Pulvermühlen, die uns das Dreyfache bringen werden, wann wieder anständig Krieg geführet und gefeueret werdet!

Schultheiss
Aber rundum seihet doch der große Friede ausgebrechet.

Kantzelläri
erhebt sich. Solange sich bei uns Eindringelinge verschantzen wolleten, seihet das ein gutes Zeichen für zunehmende Scharmützel rundum. *Setzt sich.*

Administrator
Schießpulver seihet immer begehret. Drum werdets auch bald die Nachfrage geben.

Schultheiss
Wir solleten die leere Gemeine-Cassa nit auf die leichte Schulter nehmen.

Consulente
Elementa in suo loco non gravitant.

Administrator
Laßet uns mit Eurem Lateine unverwirret, Herr Collega!

Consulente
Auf den Schuhbänken sollet uns nix zu schwer sein.

Schultheiss
Dann ratet uns, Herr Consulente, was zu tuen seihet!

Consulente
Ego sum versatus in omni scibili. Ich bin gewandt in allem Wissen.
Aber: Positis ponendis. Um alles aufzuzählen, was der salutibus et officiis, der Wohlfahrt und den Pflichten, dienet, würdet uns hiar, in pleno consessu testa diu, lange Zeit, in Anspruch nehmen.

Administrator
Jetzo wissen wir fürbaß so viel wie zuvorderest.

Kantzelläri
erhebt sich. Wann mir noch ein Wort erlaubet seihet, so möchet ich Eure Claritäten darauf hinweisen, daß wir bereits alles versteueret haben, was es zu versteueren gebet, bis auf eyns wohl – *Hält vielsagend inne.*

Schultheiss
neugierig. So bring Ers über Seine Lippen!

Kantzelläri
Der Opferstock in der Kirchen.

Schultheiss
empört. Um des Himmels Willen! Der Pater Pastor würdet uns darfür mit einem heiligen Fluche bestrafen!

Administrator
ebenso. Und wir hätteten sowohl die Katholischen wie auch die Lutheranischen am Halse!

Kantzelläri
Ich denkete bloß ans Halbe darvon, so wies bei den Einnahmen des Bettelsammlers geschehet. *Setzt sich.*

SCHULTHEISS
Nur nix mit Unrecht! Kömmen wir zum näxten Punctum.

Der Calfactor schlägt mit dem Holzhammer auf seinen abgelegten Brustharnisch.

KANTZELLÄRI
erhebt sich. Als Zweytes werdet das Collegium mit der Ersetzung eines wichtigen Amptes befaßet. Die Stell eines Pickelherings seihet noch immer vakant und sollet neu bekleidet werden. *Setzt sich.*

SCHULTHEISS
Darüber brauchets nit vieler Worte, denn ich hab die Supplication von einem guten Menschen bei mir, dessen Qualitäten unbestritten seind. Darhero: Causa finita. Die Angelegenheit seihet entschieden.

ADMINISTRATOR
zum Schultheiß. Ich hörcte, ein Freyer Eurer Tochter sollet der Gepriesene sein.

SCHULTHEISS
erbost. Wer hats Euch zugestecket?

ADMINISTRATOR
In der Bierkellerei geratet einem so manches hinters Ohr.

SCHULTHEISS
zum Calfactor. Habet Er vielleicht Seine Amptesverschwiegenheit gebrechet?

CALFACTOR
steht stramm. Mit keinem Silberling, – äh – Silbe, Eure Claritát!

ADMINISTRATOR
Auch ich wißet einen allhiar, der den Pickelhering auf sich nehmen könnet. *Zum Consulente, eindringlich.* Ihr doch auch, Herr Consulente! *Stößt den Consulente in die Rippen.* Vielleicht meinen wir gar dieselbige Persona –

SCHULTHEISS
aufgebracht. Warum gedenken mir die Herren Collegae solchene Hundsflöh in den Bart zu setzen?

Consulente
kichert. Cuemus Cuenum trudit. Ein Keil stoßet den anderen.

Administrator
Ein jedweder von uns dreyen habet sein freyes Votum. Wir wolletens hinter uns bringen. Für wen stimmet Ihr, Herr Consulente, für den Candidatus des Herrn Schultheiß oder für den unseren?

Schultheiss
aufgebracht. Ich processire darwider!

Consulente
beruhigt. Astra regunt homines! In meinem Kalender stehet heint eine zanksüchtige Constellation. Ich schlage darhero vor, wir lassen dieses Punctum noch ein paar Täg lang anstehen, bis der Mond voll werdet und die Gemüter sich dann für den einen oder den anderen entscheiden. Festina lente! Eile mit Weile.

Administrator
zum Consulente. Was werdet aber Euer Eheweib darzu sagen, wann Ihr den Vetter nit stante pede protegiret?

Schultheiss
zum Kantzelläri. Herr Secretarius, was habet Er noch vorzutragen, das keinen Verzug erleiden sollet?

Kantzelläri
erhebt sich. Eure Claritäten, die Causa eines Eindringelings stehet noch an, der von der Schildwacht aufgegreifet und vorderhand hiar am Brunn fixiret seihet. *Setzt sich.*

Der Calfactor schlägt mit dem Holzhammer auf den Brustharnisch.

Schultheiss
Hören wir darzu das Protocollum, welchenes der Herr Secretarius abgefaßet.

Kantzelläri
erhebt sich. Gewiß – *Liest zaghaft vor.* Nach eingehender Visitation des Äußeren und des Inneren ward das Geschlecht des Subiectums als ein männigliches recognosciret. Geboren wurde der Mann alldorten, wo sein Vater herkömmet. Um nach hiarhero zu gelangen, habet er vielerlei durchwanderet. Er gebet nix von sich, was eine Gefährdung unseres Marckfleckens bewirken tätet. Der Vermügensstand seihet der eines Bettelhundes. Die Persona seihet zur Zeit gesichtlos. Verfaßet zu Hertzelichingen zwischen den Morgen- und Mittagstunden. Beglaubiget vom Herrn Kantzelläri hiesigen Ortes, und das eigenhändig.

Schultheiss
zum Kantzelläri. Wir werdens verificiren.

Der Kantzelläri übergibt dem Schultheiß das Protokoll.

Consulente
zum Administrator, skeptisch. Kein Wort darin von einer Verwandtschaft zu meiner Femina!

Administrator
zum Consulente. Euer Eheweib habet aber das Subiectum scho längst durchschauet und es als ihren Vetter erkennet.

Schultheiss
schnuppert. Das Protocollum riechet stark nach Kümmelwasser.

Administrator
zum Schultheiß. Ich observirete den Herrn Secretarius, wie er in der Bierkellerei den Griffel führete.

Schultheiss
zum Kantzelläri. Wo habet Er den Eindringeling verhöret?

Kantzelläri
verlegen. Die äußeren und die inneren Umstände des Eindringelings laßetens nit zu, ihm auch nur das geringeste aller Wörter aus dem Maule zu locken, sodaß ich auf die allgemeinen Commentari angewiesen ward. *Setzt sich.*

Schultheiss
erhebt sich. So erklär ich das Protocollum für pro forma und die Mittag-Session für beendiget!

Der Calfactor schlägt mit dem Holzhammer auf den Brustharnisch.

Administrator
zum Schultheiß. Warum so eilig, Herr Collega? Wir haben heint noch nix votiret!

Schultheiss
Nix mit Unrecht, aber mich drängen häußliche Geschäfte! *Eilt in sein Haus.*

Der Kantzelläri packt rasch sein Schreibzeug zusammen und entfernt sich.

Administrator
zum Consulente. Jetzo werdet Ihr wohl oder übel Eure Femina beschwichtigen müssen.

Consulente *zum Administrator.* Onus est honos. Diese Ehre seihet wohl die schwereste Last.

2. Auftritt

Der Calfactor beschäftigt sich mit dem Abbau und der Stapelung der Schuhbänke.

FEMINA
aus dem Fenster ihres Hauses. Wie stehets mit meinem Vetter? Könnet ich für dreye auftischen lassen?

ADMINISTRATOR
zum Consulente. Lupus in fabula!

CONSULENTE
zum Administrator, unwirsch. Was sollet mir jetzo Euer schlechtes Latein?

ADMINISTRATOR
zum Consulente, ironisch. Wann vom Wolfe die Rede seihet, seihet er nit weit. Salve, Imperatore! *Humpelt zur Bierkellerei und verschwindet darin.*

FEMINA
Ich höre nix! Seihet etwas schiefgeloffen?

CONSULENTE
zur Femina. Non in publicis! Ich kömm ins Hauß! *Geht in sein Haus.*

Die Femina schließt das Fenster.

3. Auftritt

KAMMER-MAGD
kommt aus dem Haus des Consulente gelaufen und beugt sich über den zusammengesunkenen Eindringling. Zum Calfactor. Habet niemand von den Schuhbänken ein gutes Wort für ihn gesprechet?

CALFACTOR
Ein schlechtes hörete ich nit.

Kammer-Magd
Was sollet weiteres mit ihm geschehen?

Calfactor
Darvon habet niemand geredet.

Kammer-Magd
Ich loff zum Pater Pastor. Vielleicht habet der ein christeliches Erbarmen und befreyet diese arme Kreatur von der Folter!

Calfactor
ungerührt. Wanns nit zu schbät scho seihet.

Die Kammer-Magd läuft fort.

4. Auftritt

Petitor
stürzt aus dem Haus des Schultheiß, zum Calfactor. Was sollet ich nur tuen? Die Bande der Ehe schnüren sich zusammen!

Calfactor
deutet auf den Eindringling, spöttisch. Wie? Seihet Er scho so verschdricket wie dieser hiar?

Petitor
neben dem Eindringling. Ein jämmerlicher Anblick. Schad um den schönen Mann! Wie könnet ich ihn nur vertrösten? *Klimpert auf seinem Saiteninstrument.* Vielleicht mit einem lustigen Trink-Lied? Hören werdet Er wohl noch können!

Calfactor
Ihm werdet der Frohmut gleich vergehen, wann Er meine Zeitung höret. Seine Vocation zum Pickelhering seihet noch nit ausgefertiget. Auf den Schuhbänken ward der Adminischdrator mit einem anderen Candidatus dem Schultheiß trefflich zuwider.

PETITOR
überrascht. Ein Competitor? Potz Fickerment! Wie sollet ichs jetzo mit seiner Tochter halten?

CALFACTOR
Versuch Ers einmal mit einer kräftigen Schmieralia. Der Adminischdrator seihet da sehr empfängelich und laßet sich darmit gewinnen.

PETITOR
holt ein großes Geldstück hervor. Hiar, mein siebenköpfiger Ortstaler! Zeigets und versprechets dem ehrenwerten Herrn Administrator, aufdaß er für meine Wohlfahrt votiren möget, ehender ich mich mit einem Weibe beweiben müßet, das so gar nit nach meiner Natur.

CALFACTOR
wechselt in der Zeugkammer seine Bekleidung als Türknecht mit Helm und Brustharnisch. Als Schildwacht könnet ich ihm jetzo nit als Bote dienen.

PETITOR
nimmt ein zweites Geldstück aus der Tasche. Und dieser Pfennig seihet für Ihn und einem Gläßchen Kümmelwasser.

CALFACTOR
schnappt sich beide Geldstücke. Der Herr verschdehets, seine Näxten zu lieben. Darmit könnet Er gewiß Pickelhering werden! *Eilt in die Bierkellerei.*

5. Auftritt

Im Haus des Schultheiß sind bei offenem Fenster die Stimmen der SCHULTZIN *und des* SCHULTHEISS *zu hören.*

SCHULTZIN
Mein Mann, die feige Memme! Laßet sich von einem Apothecarius einsalben!

Schultheiss
Wo seihet nur der Freyer?

Schultzin
Fortgeflieget! Wir müssen den Vogel rasch wieder einfangen. Such ihn, Filiola, such Dein künftiges Spätzelein!

Petitor
versteckt sich hinter den Schuhbänken. O Herr, laß diese Kelchin an mir vorübergehen!

Filiola
kommt aus dem Haus des Schultheiß, stolpert aufgrund ihrer Kurzsichtigkeit über den beim Brunnen liegenden Eindringling, erschrickt. Ha, wie ich mich förchet! *Schreit.* Lieb-Mutter!

Schultzin
schaut aus dem Fenster. Was plärrestu statt zu gurren?

Filiola
zur Schultzin. Sehet nur, er beißet mir die Füßen ab. Ich bekömm Angstläus in den Schuhen!

Schultzin
aus dem Fenster. Derjenige beim Brunn seihet der Falsche! Dort drüben bei den Schuhbänken vermerk ich Deinen Freyer. *Zieht sich zurück.*

Petitor
tritt aus den Schuhbänken hervor. Hiar bin ich, allerschönste Maid!

Filiola
Ha, da seid Ihr ja! Die Lieb-Mutter sagete, ich sollet Euch suchen, sie sagete aber nit, was ich mit Euch tuen sollet, wann ich Euch gefindet habet.

Petitor
Eure Lieb-Mutter meinets gut mit uns. Sie wollet, daß Ihr mir Eure Liebe bezeuget.

Filiola
Meinethalben, aber was müßet ich darbei tuen?

Petitor
Ich können Ihrs mit kurtzen Worten erklären: Ihr müßet Euer Hertze mit mir teilen.

Filiola
entrüstet. Etwan auch Lunge und Magen? Nein, ich laß mich nit zerschneiden!

Petitor
Ein solchener Schnitt könnet ohne Blut verrichtet werden.

Filiola
Habet Ihr überhaupt ein so scharfes Messer? Mit Beil und Spaten laß ich mein Hertze nit zweyteilen.

Petitor
mehr für sich. Ich müßet wohl deutlicher werden. *Zur Filiola.* Höret: Ihr sollet mir Liebesaugen zuwerfen.

Filiola
neuerlich erbost. Was, die Augen fortschmeißen? Da würd ich ja erblinden!

Petitor
Man könnet Augen wegwerfen und zugleich behalten.

Filiola
Wie wohl? Ich müßet sie an einen Zwirnesfaden binden, und zwar so, daß ich sie wieder zurückeziehen könnet.

Petitor
Anstatt des Zwirnesfadens sollet Euch meine Treu und Beständigkeit dienen.

Filiola
Ich denk ehender an ein Strohseil.

Petitor

leicht verzweifelt. Warum wollet Ihr mich nit verstehen? Also von vorne: Wann Ihr mich liebet, sollet Ihr meine Dienerin und ich Ihr Diener sein.

Filiola

wieder erbost. Pfui! Ich möchet mich nit als Magd verdingen und einen Knecht wollet ich scho gar nit zum Mann.

Petitor

So sag ichs andersrum: Ihr sollet meine Haußwirtin werden.

Filiola

Nun ja, dann bauet zuvorderest ein Hauß und fraget hernach, obs mir besser gefallet als jenes, wo ich jetzo wohne.

Petitor

sehr verzweifelt. Wollen wir zweye nit selbest so werden wie Eure Lieb-Mutter und Euer Lieb-Vater, nämelich ein liebend Paar?

Filiola

Paaren tuen sich nur wilde Tiere!

Petitor

Aber auch die liebelichen Vögeleins.

Filiola

schroff. Ich habe keine Lust, Eier auszubrüten, die Ihr mir ins Nestchen leget!

Petitor

resigniert. Ach, mit Euch seihets schwer auf einen grünen Zweig zu kömmen!

Filiola

Weil ich eben kein Vogel bin.

Petitor

für sich. Aber wahrscheinlich einen besitzet.

6. Auftritt

Der SCHULTHEISS *und die* SCHULTZIN *kommen aus ihrem Haus und zeigen sich beim Anblick ihrer Tochter und des Petitor sehr erfreut.*

SCHULTZIN
Ihr lieben Kinder, umarmet Euch endelich, darmit ich baldigest auch eine Lieb-Schwähermutter werd!

SCHULTHEISS
Meinen Sanctus geb ich gerne darzu und obendrein einen ausführlichen Contractus zur Heurat.

PETITOR
wendet sich an den Schultheiß. Wie stehets mit dem Pickelhering? Mir gelangete zu meinen entzückend kleinen Ohren, daß die werten Herren auf den Schuhbänken keinen Consens finden, um meine Persona zu beförderen.

SCHULTHEISS
verlegen. Leider müßet ich noch auf Mittel sinnen, wie ich dem Collega Consulente begegnen könnet, der, so vernehmete ich, einen Vetter seines Weibes begünstigen wollet.

SCHULTZIN
wütend. Wie? Was? Der wievielete Vetter in diesem Jahr möchet der wohl sein? Und der Consulente, dieser lumpige Ränkeschmied, spielet da noch mit? Dem werd ich eine Mistgabel in den Peltz stechen, daß er darvon Löcher bekömmet, in die er seine Hörner montiren könnet.

SCHULTHEISS
zur Schultzin. Besinnet Euch! Die Herren des Collegiums dörfen nit geschimpfet werden.

SCHULTZIN
Ach was, ich hab mich scho besinnet. Bei der näxten Session werd ich selbest das Maul auftuen.

Schultheiss
Ein Weib sollet im Gemeine-Rat stilleschweigen.

Schultzin
droht. Ich werd alle wissen lassen, daß Weiber mehr zu reden hätteten, als so mancher Mann denket!

Petitor
mehr für sich. O Herr, bewahr mich vor solchenen Zeiten!

Schultheiss
zur Schultzin. Wir sitzen auf den Schuhbänken in loco sacro – da müssen die Weiber wegbleiben.

Schultzin
zum Schultheiß. Alle siebenundzwanzig Elemente solleten Euch unter die Kappe fahren, wann unsere Tochter leer ausgehet!

Filiola
zur Schultzin. Ach, Lieb-Mutter, zanket Euch doch nit wegen der Gelüste dieses fremden Mannes!

7. Auftritt

Die Kammer-Magd *zieht den dicklichen* Pater Pastor *herbei.*

Kammer-Magd
Beeilet Euch, ehrwürdiger Vater, sonst kömmen wir zu spät! Der arme Mann dorten lieget scho im Koma.

Pater Pastor
schnauft. Gemach, gemach! Im Koma lieget auch meine Verdauung. Zweymal die Wochen fasten! Schau nur, wie meine Leiblichkeit schwächelet.

Die Kammer-Magd kniet sich zum Eindringling und beginnt den Kopfsack und das Mundtuch zu entfernen.

SCHULTHEISS
zum Pater Pastor. Ihr kömmet gerade recht, einen Segen zu spenden.

PATER PASTOR. Ich weiß, ich weiß! Der Darniederliegende sollet kranken-gesalbet werden – sofern er katholisch.

SCHULTZIN
zum Pater Pastor. Meinet Ihr vielleicht diesen Ketzer dorten, der sich in unserem Flecken verloffen habet? *Geht zum Eindringling und spuckt ihn an.* Ehrwürdiger Vater, ich hab ihn bereits gesalbet! Nun kömmet zu uns und versegnet dieses liebende Paar. *Führt den Pater Pastor zur Filiola und zum Petitor.* Das Sacrament der Ehe werdet demnäxten Eure Commissio sein.

PATER PASTOR
Gratulatio! *Zur Schultzin.* Habet Ihr die Speisenfolge scho im Kopfe? Gebets Gekochtes oder Gebratenes?

SCHULTZIN
zum Pater Pastor. Kömmet mit in unser Hauß, dorten wolleten wir alles durchexerciren.

EINDRINGLING
schwach. Trinken!

KAMMER-MAGD
freudig. Er sprechet und gehet noch nit von hinnen!

SCHULTHEISS
zum Pater Pastor. Ein Kännchen stark gebrautes Bier werdet Euch wohl frommen –

PATER PASTOR
Mit »Nein« zu antworten heißet Gottes Gaben verleugnen.

Der Schultheiß und die Schultzin geleiten den Pater Pastor zu ihrem Haus. Filiola folgt ihnen.

KAMMER-MAGD
ruft dem Pater Pastor nach. Ehrwürdiger Vater, im Namen Christi, helfet – wie Ihrs versprochen!

PATER PASTOR *wendet sich um.* Fürs Seelenheil zu sorgen bin ich allzeit bereit. Doch dem dorten mangelets bloß an Wasser.

KAMMER-MAGD
Auch Hunger plaget den Erschöpften.

PATER PASTOR
Caritas seihet Sache der Gemeine und nit der armen Kirchen. *Geht mit dem Schultheiß, der Schultzin und Filiola in deren Haus.*

PETITOR
ruft den Abgehenden nach. Ich kömme nach, sobald ich hiar entbehrlich.

Die Kammer-Magd schöpft aus dem Brunneneimer Wasser und gibt dem Eindringling zu trinken.

EINDRINGLING
richtet sich nach kurzer Zeit auf. Viel hättet nit gefehlet und ich wäre krepieret.

PETITOR
nähert sich dem Brunnen. Wollet Er noch länger an diesem Ort verweilen?

EINDRINGLING
Nur fort, sobald ich zur Gäntze befreyet!

PETITOR
Könnet Ers beschwören?

EINDRINGLING
Gewiß – bei allem, was mir verbleibet, aber das seihet halt nit sehr viel.

Petitor
Dann mach Er sich flink aus jenem Staube, in welchenem Er bis dato lieget.
Zerschneidet mit seinem Messer rasch die Stricke des Eindringlings.

Kammer-Magd
küsst dem Petitor die Hände. Gott werdets Euch lohnen!

Petitor
entzieht der Kammer-Magd seine Hände. Bah! Was sollet die Küsserei? *Angeekelt.* Noch darzu mit dem Maule eines Weibes.

8. Auftritt

Femina
aus dem Fenster ihres Hauses. Ratte, lausige, wo bleibestu so lange?

Kammer-Magd
verschüchtert. Ich kömm ja scho!

Femina
Ah, bei den Mannesbildern da draußen gefallets Dir besser als bei uns herinnen, wo Arbeit wartet.

Die Kammer-Magd läuft in das Haus des Consulente.

Femina
Seh ich recht? Der Herr Vetter seihet auferstehet wie unser Herre Christ!
Zieht sich vom Fenster zurück.

Petitor
zum Eindringling, böse. Hab ichs doch geahnet! Er also seihet der Vetter, der auf den Schuhbänken protegiret werdet! Falscher Freund, was habet Er mir zuvorderest geschwöret?

Eindringling
Ich bin kein Vetter! Ich bin bloß Opfer von Weiberlust.

Petitor
spuckt aus. Pfui diable! Mir werdet gantz übelig.

9. Auftritt

Der Consulente *und die* Femina *kommen aus ihrem Haus.*

Femina
breitet die Arme aus. Vetterchen! Willkömmen im Hauße des gelahrten Schulmeisters und Consulente, der mein edeler Gatte seihet!

Consulente
ebenso. Domine Candidate accede propius! Herr Kandidat, kömmet näher heran!

Petitor
zum Eindringling. Da, höret nur: Herr Kandidat?

Eindringling
zum Petitor. Ich hoff bei gutem Winde zu entkömmen. *Zum Consulente und zur Femina.* Die Einladung seihet mir eine große Ehr, doch bedörfes zuvorderest meiner Restaurierung, da ich als Festegenommener einiges hab erleiden müssen.

Femina
zum Eindringling. Keine falsche Bescheidenheit, Herr Vetter. Wir werden Ihn scho aufs Beste auscuriren!

Consulente
Vinus Adustus consulentiun equus! Feuriger Wein seihet das Pferd des Consulente!

Femina
zum Eindringling, den sie beim Arm nimmt und zu ihrem Haus zieht. Für lahme Gäule seihet jeder Tropfen für die Katz.

Petitor
ruft dem Eindringling nach. Denket an Euer Versprechen, sonst seind wir verfeindete Leut!

Consulente, Femina und Eindringling gehen gemeinsam in das Haus des Consulente.

10. Auftritt

Pater Pastor
eilt aus dem Haus des Schultheiß und auf den Petitor zu. Wo bleibet Er nur? Kömmet ins Hauß, ich müßet Ihn und die Braut versegnen.

Petitor
Ach, ehrwürdiger Vater, ich bin von einer Confession, die hiarzulande gantz und gar verpönet seihet.

Pater Pastor
In Hertzelichingen fraget niemand, ob Er katholisch oder lutheranisch, gottergeben oder gottlos, oder gar ein Muslimischer waret – nur mit einem dörfet Ers nit halten: Mit dem Teufel höxtselbest!

Petitor
Nun, ich glaube –

Pater Pastor
Umso besser, wann Er glaubet.

Petitor
verängstigend. Ich glaube, daß ich selbest der Teufel bin!

Pater Pastor
erschrickt. Wer? – Er?

Petitor
Diabulus in persona!

Pater Pastor
bekreuzigt sich. Der Satan? Nein! So gut könnet Er sich gar nit vermummen – ich sehe nämelich keinen Pferdefuß.

Petitor
legt seinen Zeigefinger an den Mund. Betrachtets als ein Beichtgeheimnüß!

Pater Pastor
Als Pater: ja, als Pastor: nein.

Petitor
verwundert. Was seid Ihr nun? Päpstelich oder reformiret?

Pater Pastor
Im christlichen Hertzelichingen bin ich gerade das, was von mir gewünschet werdet. So sparet sich die Gemeine eine zweyte oder drütte Geistelichkeit.

Petitor
Seid Ihr geweihet oder nur geeignet?

Pater Pastor
Wanns unter uns bleibet: Ich ward zuvorderest Feldprediger in gar wilden Kriegen. Da bin ich durch etliche Fegefeuern marschieret.

Petitor
Dann seid Ihr vielleicht selbest der Teufel!

Pater Pastor
Nein, nein – mit meinem Leib kunnt ich durch kein eyntzigs Schlüsselloch schlüpfen.

Petitor
Um in die ewige Verdammnüß zu gelangen, gebets noch andere Wege.

Pater Pastor
kleinlaut. Darvor bewahre mich der Herr, sofern er mir meine Sünden vergebet.

Petitor
Ich höre.

Pater Pastor
Ich höre nix!

Petitor
Eure Sünden.

Pater Pastor
Vor Ihm sollet ich beichten?

Petitor
Mir seihets genugsam, wann Ihrs bloß eingestehet.

Pater Pastor
zögerlich. Nun ja, das Fasten haß ich, – und das Lateinische obendrein.

Petitor
Ein Mann der Kirchen gantz ohne Latein?

Pater Pastor
Mir reichen vür Wörter. Credo quod Ecclesia credit. Ich glaube was die Kirchen glaubet. Darmit kömm ich viel weiter als manch andere mit einem dicken Folianten. Drum bin ich auch den Gelahrten von Hertzen ſeind, wie unserem Schulmeister, dem Herrn Consulente, der sich für einen römischen Senator halten tuet.

Petitor
Difficultatem facit doctrina!

Pater Pastor
Was in Teufels Namen – oh pardon – sollet das nun wieder heißen?

Petitor
Gelahrsamkeit schaffet Schwierigkeit.

Pater Pastor
Da bin ich gantz mit Ihm! *Geschwätzig.* Vor gar nit langer Zeit reisete so ein gelahrter Ketzer durch unseren Flecken. Als er mich mit seinem Lateine beglücken wollete, antwortete ich kurtzerhand: »Quitsch, quatsch, quotschewitsch.« Was soviel wie nix heißen tuet. Worauf der Kerl prompt zu meinem Küster – ein halbes Kind noch – loffete und ihn fragete, ob ich vielleicht gar ein Moscowiter sei. Dieser wiederum, nit wißend, was ein Moscowiter seihet, glaubete, es handelet sich um ein ehrenvolles Titular und sagete auf alle Fälle: »Ja!« – Ei potz! Dank meines kleinen Küsterleins – *macht einen Kussmund* – stehlete sich der Lateiner aus meinen Augen wie die Katz von der Hundshütten!

Petitor
Wann ich nun wirklich der Teufel wäre und das Fasten samt dem Latein eleminirete – was würdet Ihr mir darfür geben?

Pater Pastor
Bei meiner Seel – oh nein, die dörfet Er nit verlangen!

Petitor
Ihr könnets ruhig behalten, wann Ihr mir stattdesset die Tochter des Schultheiß vom Halse schaffet.

Pater Pastor
verdutzt, schnappt nach Luft. Aber das finfte Gebot: Du sollest nit töten!

Petitor
Ihr sollet sie mir nit zu Tode beten, sondern bloß abspenstig machen.

Pater Pastor
ergrimmt. Wie stellet Er sich sowas vor? Ich bin ein Pater und zur Halbscheid zölibatär!

Petitor
Dann nehmet als Pastor zumindest eine Halbscheid dieser Jungfer.

Pater Pastor
Und was tue ich mit der anderen?

Petitor
Die überlaßet ihrer Lieb-Mutter – zum Zähneausbeißen!

11. Auftritt

Schultzin
kommt aus ihrem Haus und hält dem Pater Pastor eine Schüssel unter die Nase.
Das Mittagmahl seihet fertiggekochet. Ihr gebet uns doch die Ehr, am Tische darbei zu sein?

Pater Pastor
betrübt. Gerade heint seihet mir ein Fasttag aufgebürdet.

Schultzin
Überzeuget Euch selbest, ehrwürdiger Vater, daß mir Eure Fleischlosigkeit heilig seihet. *Nimmt den Deckel von der Schüssel und lässt den Pater Pastor hineinschnuppern.* Fisch!

Pater Pastor
tut verblüfft. Wahrhaftig, werte Frau Schultzin, das seind wunderschöne Exemplari! *Zum Petitor.* Die müssen einem Teich entwischet sein, wo fette Säue baden.

Schultzin
Es seind köstliche Lampreten. Der Pachtmann unserer Gemeine ward so freundelich, sie aus seinen Gewässern zu angelen.

Pater Pastor
tut erfreut. Ein Petrus von Gottes Gnaden! *Zum Petitor.* Weil er Fische zu leckeren Leberwürsten verwandelen könnet. *Zur Schultzin.* So wollet ich mich nit länger zieren. *Geht auf das Haus des Schultheiß zu.*

Schultzin
zum Petitor. Herr Bräutigam, Seine liebe Braut habet diese Fischspeis mit großer Inbrunst –

Petitor
Etwan gar zubereitet?

Schultzin
Nein, – gewürtzet!

Petitor
Mein Liebelingsfisch seihet aber nach wie vor der Pickelhering. Und den müßet mir die Gemeine zuvorderest herausbraten.

Schultzin
Seid froher Hoffnung. Den Herren vom Collegium werd ich ihre Lection scho erteilen. Darauf könnet Er Gift nehmen!

Petitor
Dann scho lieber Eure Leberwürst!

Alle gehen in das Haus des Schultheiß.

12. Auftritt

Der Administrator *und der* Calfactor *kommen, leicht angeheitert und unsicheren Schrittes, aus der Bierkellerei. Sie haben ihre Kopfbedeckungen getauscht.*

Administrator
mit Helm. Was wir soeben verzechet, so sagete Er, stammet vom künftigen Schwähersohn des Schultheiß?

Calfactor
mit Lorbeerkränzchen. So sagete ich. Es ward sein siebenköpfiger Ortschdaler.

Administrator
zählt seinen und den Kopf des Calfactor zusammen. Eyner und noch eyner seind aber erst zweye!

Calfactor
Mit Reschbekt, Herr Adminischdrator, aber Eure zweye und der meine seind scho dreye.

Administrator
Er selbest habet doch zweye –

Calfactor
Dann seinds vüre.

Administrator
Fehlen immer noch dreye auf den Siebenkopf vom Taler! Also kunnt jeder von uns noch drey Becher leeren.

Calfactor
Vergeßet nur nit für den edelen Schbender zu votiren!

Administrator
Da werdet dieser aber noch einen ordentlichen Batzen drauflegen müssen.

Calfactor
entdeckt die zerschnittenen Stricke beim Brunnen. Halt, wer da – oder nein: Wer seihet nit mehr da?

Administrator
Wer sollet scho da sein ohne mehr da zu sein?

Calfactor
Der Eindringeling von heint morgen – entwischet!

Administrator
Ach der! Der seihet ja ein Vetterchen vom Weibchen des Consulente.

CALFACTOR
Trotzdessetdem müßet ich jetzo lärmen, sonschd bin ich meinen Poschden ledig! *Holt aus der Zeugkammer die Handglocke und beginnt wild herumzuläuten.*

ADMINISTRATOR
Höret auf darmit – mir zerhämmerets den Schädel!

CALFACTOR
Geil wie ein Affe bin ich nach diesem Frecheling, ders gewaget, die von Amptes wegen verordneten Schdricke außer Kraft zu versetzen!

13. Auftritt

KANTZELLÄRI
eilt herbei. Heftiges Geläut verheißet Gutes für die Gemeine-Cassa. *Hält die Hand auf, zum Calfactor.* Das Halbe für die Steuer, wann ich bitten dörfet!

CALFACTOR
Zu früh, Herr Kantzelläri! Oder schaue ich aus wie der Bettelsammler?

ADMINISTRATOR
stürzt zum Calfactor und entreißt ihm das Lorbeerkränzchen. Aber jetzo!

KANTZELLÄRI
zum Calfactor. Warum dann das Geläute?

CALFACTOR
Um Alarm zu schlagen. Der Eindringeling habet sich nämelich hinwegmanövriret.

KANTZELLÄRI
Ohne seine Fluchtsteuer zu hinterlegen? Na warte! Der werdet seine Schuld mit Schweißperlen bezahlen müssen!

Administrator
Langsam, langsam, Herr Steuereinnehmer. Der Fremdeling gehöret zur Sippschaft des Herrn Consulente. Er seihet ein Vetter seiner verehrten Frau Gemahlin.

Kantzelläri
spöttisch. Wann dem so seihet, dann bin ich ein Sohn des Apollon!

Administrator
Heide!

Calfactor
sammelt die Strickstücke ein. Vetter hin, Vetter her. So einer müßet heint noch vors Tribunal!

Kantzelläri
packt sein Schreibzeug aus, zum Administrator. Sollet ich über den Ausbruch ein Protocollum errichten?

Administrator
Schreibet pro forma: Der Fremdeling befindet sich wahrscheinlichermaßen im Haußе seiner Base. – Basta!

Kantzelläri
schreibt und packt dann sein Schreibzeug wieder ein. Ich dank und wünsch dem verehrten Herrn Administrator eine wohlfeile Mahlzeit.

Administrator
Was? Stehet die Sonn scho im Zenit? *Wirft den Helm in die Zeugkammer, zum Calfactor.* Wo bleibet Sein Stundenruf? *Humpelt fort.*

Calfactor
Was sollet ich nur tuen? Als Schildwacht den Kerl wieder feschdenehmen, oder die Mittagschdund ausrufen? Von Langeweile bin ich wahrlich nit geplaget!

Kantzelläri
Ich lege mich statt Seiner auf die Lauer und werde die Steuerflucht dieses Schnauzhahnes zu verhindern wissen! *Postiert sich neben dem Tor des Hauses vom Consulente.*

Calfactor
wechselt in der Zeugkammer seinen Brustharnisch mit der Bekleidung des Stundenrufers, steigt dann mühsam auf die Leiter des Turmgerüstes und ruft von dort über den Platz hinaus.
Horchet her, Ihr Leut und auchs Gesinde,
was ich Euch zur Mittagschdund verkünde:
Schonet beim Fressen Eure Eingeweid,
sonschd schdeiget Ihr ins Grab noch vor der Zeit!

14. Auftritt

Die Kammer-Magd *wird aus dem Haus des Consulente hinausgestoßen. Hinter ihr die* Femina*, welche ihr ein Kleiderbündel nachwirft.*

Femina
Du diebische Elster, mir so das Haußwesen zu verderben! Scher Dich hinweg, bevor ichs noch dem Consulente klag!

Kammer-Magd
schluchzt. Ihr tractiret mich wißentlich mit Unrecht.

Femina
Seihet vielleicht der Schimlkaas in aller Heimelichkeit von selbest darvongeschleichet?

Kammer-Magd
Dem armen Manne hab ichs gereichet, der hiar am Brunn Hunger leidete.

Femina
Uns aber jetzo beim Nachtisch fehlet!

Kammer-Magd
ironisch. Der arme Mann, den Ihr so umschwärmet, der seihet doch Euer Herr Vetter. Oder nit?

Femina
droht. Halt Dein garstiges Maul, Du Rabenaß, sonst schütt ich Dir einen Kübel Mistlachenwasser in den Leib!

Kammer-Magd
Mißgünstig seid Ihr, weil ich die Jüngere bin!

Kantzelläri
stellt sich zwischen die beiden Frauen. Genugsam, genugsam, – sonst loffets auf einen Schimpf hinaus.

Femina
zum Kantzelläri. Das loffet darauf hinaus, daß diese Besenbinderin statt in ein anständiges Hauß in den finstersten Wald gehöret, aus dem sie ja hergekömmet!

Kammer-Magd
zum Kantzelläri. Dorten hab ich mich einstens verstecket vor der Soldateska, um ihren Gewaltigkeiten zu entgehen.

Femina
spöttisch. Entgehen? Mit Freuden habet sie sich hingegeben. Und hättets auch weiterpracticiret – unter meinem Dache! Darmit seihets ein für allemal Schluß! *Geht in ihr Haus und knallt das Tor zu.*

Kantzelläri
Ja, ja, diese Vetternwirtschaft!

Kammer-Magd
gekränkt. Eine verdrüßliche Nachred, die zum Himmel stinket.

Calfactor
von der Spitze des Turmgerüstes. Wie wahr! Ich merks scho die gantze Zeit.
Es riechet nach Schiml und anderen faulen Sachen!

Kantzelläri
schnuppert sich zum Kehrichthaufen vor dem Tor des Schultheiß. Da liegets ja, das Corpus delicti! *Hebt das Käsestück mit zwei Fingern hoch. Zur Kammer-Magd.* Brings zurücke, der Nachtisch seihet ja noch im Gange.

Kammer-Magd
zornig. Ehender stürtz ich mich in dieses Brunnengrab!

Kantzelläri
Und wer bezahlet dann für Dich die Leichensteuer?

Die Kammer-Magd klaubt das Kleiderbündel auf und läuft fort.

Calfactor
bläst in das hornähnliche Instrument und ruft dann über den Platz hinaus.
Und bedünket schdets beim Kaas die Frische,
sonschd schderbet Ihr noch unter dem Tische!

Dritter Akt / Actus Tertius / Atto Terzo

Nach Mittag
(Sanfter Sonnenschein)

1. Auftritt

Zwischen den aufgestapelten Schubbänken schnarcht der CALFACTOR.
Die SCHULTZIN *geleitet den* PATER PASTOR *aus ihrem Haus.*

PATER PASTOR
Kunnt ich nur alle Täg an solchenen Gottesgaben teilhaben! Eure Küche, verehrte Frau Schultzin, seihet – wie saget doch der Frantzos? – extraordinaire.

SCHULTZIN
geschmeichelt. Mir wards ein Bedörfnüß, dem ehrwürdigen Vater das Fasten bekömmelicher gemachet zu haben. Aber saget, warum habet Ihr die jungen Leut nit für den Stand der Ehe eingeschwöret, um sie demnäxten besser verknüpfen zu können?

PATER PASTOR
Verehrte Frau Mutter Eurer lieben Tochter, sollet ich Euch reinen Meßwein einschenken?

SCHULTZIN
neugierig. Auch den Trüben vertrag ich allemal.

PATER PASTOR
geschwätzig. So höret, was mich bedrücket. Der Freyer Eurer Tochter seihet des Teufels!

SCHULTZIN
Und ich habe gedenket, er seihet aus einem fürnehmeren Hauße.

PATER PASTOR
Hauß und Höll passen nit gut zusammen.

Schultzin
Ihr wißet also um seine wahre Herkunft?

Pater Pastor
Herkunft? Die Zukunft Eurer Tochter stehet auf dem Spiel! Vom Kindersegen wollet ich zuvorderest gar nix reden.

Schultzin
Wieso? Fehlet ihm etwan ein Stück vom Gantzen?

Pater Pastor
eindringlich. Er seihet des Teufels, weil er hinter den Männern herloffet!

Schultzin
Da werd ich meine Filiola fragen, ob ihr sowas gefallen tuet.

Pater Pastor
Erzählets lieber Eurem Gatten, dem werten Herrn Schultheiß, und fraget ihn, wie er darüber denket. *Erschrickt.* Ich müßet jetzo eilends zu meinem Küsterlein, ehender ihn solchene Teufel verführen! *Eilt davon.*

Schultzin
betrachtet den Abfallhaufen vor ihrem Haus. Wann ich nur jenen Teufel erwischen tätet, der mir den Unrat ständig vor die Türe kehret! *Geht in ihr Haus zurück.*

2. Auftritt

Die Femina, *mangelhaft bekleidet, stürzt aus ihrem Haus, sucht nach dem* Calfactor *und entdeckt ihn zwischen den Schuhbänken. Weckt ihn mit einem kräftigen Fußtritt.*

Femina
Werdet eine Schildwacht fürs Träumen bezahlet?

Calfactor
fährt erschrocken auf. Friede seihet um uns –

Femina
Ich aber lebe in Forcht und Schröcken!

Calfactor
rappelt sich hoch. Verehrte Frau des hochlöblichen Herrn Consulente, habet Ihr nit genugsam Mannesbilder in Eurem Haußе, die Euch beschützen könneten?

Femina
Mein Gatte weilet in der Schul und der Gast –

Calfactor
Den ich irrtümelicherweise als einen Eindringeling qualificirete –

Femina
Seihet viel weniger noch als ein solchener!

Calfactor
scheinheilig. Nit Euer Vetter?

Femina
Nit unser Volk!

Calfactor
verblüfft. Was dann?

Femina
angewidert. Beschneidet!

Calfactor
empört. Hab ichs doch vermutet! Wo find ich diesen hämtückischen Antichrischden?

Femina
In meinem Schlafgemach.

CALFACTOR
Eine Schande! – Für unseren Marckflecken, meinete ich. *Ergreift Helm und Hellebarde.* Darfür werdet er am Galgen baumelen! *Stürzt in das Haus des Consulente, wo heftiger Lärm entsteht.*

3. Auftritt

Der CONSULENTE *kommt mit Büchern unter dem Arm.*

FEMINA
überrascht. Die Schulstund scho zu End?

CONSULENTE
Gar manche wollen das Lateinische nit begreifen, was mich stark verdrüßet. Wann das Cicero erlebet hättet!

FEMINA
wirft sich dem Consulente an den Hals. O teurer Gatte! Wir seind einem Betrüger aufgesessen. Unser Gast habet sich für meinen Vetter ausgegeben, um so dem Tribunale zu entgehen.

CONSULENTE
beruhigt. Factum infectum fieri nequit. Geschehenes könnet nit ungeschehen gemachet werden. Zu Eurem Troste: Wir werden Satisfactio bekömmen!

FEMINA
Welchenen Satansbraten meinet Ihr darmit?

CONSULENTE
Keine Persona! Genugtuung, heißet das. Im weitesten Sinne: Befriedigung.

FEMINA
Ja, das klinget scho verheißungsvoller!

4. Auftritt

Der CALFACTOR *kommt mit dem an den Händen gefesselten* EINDRINGLING *aus dem Haus des Consulente.*

CALFACTOR
zum Eindringling. Wo habeschtu Deinen gelben Flecken verschdecket, Du mieser Judas?

EINDRINGLING
zum Consulente. Auf Gastfreundschaft wollet ich gerne verzichten. Aber warum werd ich wieder meiner Freyheit beraubet? Ich verlange ein gerechtes Procedere!

CONSULENTE
zum Eindringling. Mit der Jurisdiction stehet der Herr Justiziar auf klügeren Füßen, drum sollet er Ihm die paßende Antwort geben. *Ruft zum offenen Fenster des Hauses vom Schultheiß.* Herr Collega! Ein neuer Casus seihet angefallen!

FEMINA
heimlich und böse zum Eindringling. Wehe, wann Er mich compromitiret – dann werdet Ers mir büßen!

EINDRINGLING
zur Femina. Ehenders mich das Leben kostet, gesteh ich jede Wahrheit.

CALFACTOR
zur Femina. Sollet ich dem Mauschele das Maul verschdopfen?

FEMINA
zum Calfactor. Wann er wieder redet, dann verzögerets nit!

5. Auftritt

Schultheiss
eilt aufgeregt aus seinem Haus. In meinem Hauße herrschet Confusion!

Consulente
Herr Collega, dieser Eindringeling hiar – *Deutet auf den Eindringling.*

Schultheiss
Verschonet mich mit Jenigem – der Meinige machet mir genugsam zu schaffen!

Consulente
Beim Jenigen aber seinds gar schwere Delicti! Er habet sich als jemand ausgegeben, der er gar nit seihet.

Femina
heftig. Und mich getäuschet und betrogen.

Schultheiss
weicht aus. Auf den Schuhbänken wolleten wir darüber decretiren.

Calfactor
zum Schultheiß. Was befehlichet Ihr mit der Persona des Eindringelings?

Schultheiss
Sperret ihn ins Stockhauß und schließet ihn ans Eisen.

Eindringling
aufgebracht. Ohne mich anzuhören?

Calfactor
zum Eindringling. Galgenvögel singen besser im Käfig!

Schultheiss
Der Herr Kantzelläri möget darzu ein Protocollum errichten.

Femina
zum Schultheiß. Warum diese Umständ? Wir solleten ihn sofort henken lassen!

SCHULTHEISS
vorwurfsvoll. Könneten wir? – Nein, wir könneten nit! Denn auch das Ampt des Henkers seihet vakant.

CONSULENTE
Das kunnt doch der Pickelhering übernehmen.

SCHULTHEISS
Herr Collega! Haben wir einen? – Nein, wir haben keinen!

CONSULENTE
Mittags auf den Schuhbänken habets doch Candidati zuhauf gegeben.

SCHULTHEISS
Nit einmal den künftigen Eydam meiner Tochter wollet ich jetzo recommandiren.

FEMINA
zum Schultheiß. Werdet er von Eurer Jungfer verschmähet?

SCHULTHEISS
jammert. Ach, die Natur habet sich an ihm vergreifet!

CONSULENTE
zum Schultheiß. Seihet er darvon beschädiget?

SCHULTHEISS
Wann Ihrs genau wissen wollet: Er seihet Sauerkraut ohne Wurst.

CONSULENTE
Herba acida sine farcimine.

6. Auftritt

Der ADMINISTRATOR *bugsiert die* KAMMER-MAGD *in die Mitte des Platzes.*

ADMINISTRATOR
Wiederhole hiar vor den übrigen Claritäten, was Du mir weismachen wollest!

KAMMER-MAGD
erregt. Ich sehetes mit meinen Augen und könnetes beschwören mit meinem Mund!

FEMINA
spöttisch. Wer uns den Schimlkaas gestohlen? Wollet die Hure etwan darüber processiren?

CONSULENTE
Canis redit ad vomitum, saget ein lateinisch Sprichwort. Der Hund kehret zu seinem Erbrochenen zurücke.

ADMINISTRATOR
Meine Herren Collegae, höret sie doch an! Wanns die Wahrheit seihet, dann stinkets nit nach Kaas, sondern –

FEMINA
zum Administrator. Wie in Eurer Apotheca.

SCHULTHEISS
zur Kammer-Magd. Red endelich!

KAMMER-MAGD
Als mich die Frau des verehrten Herrn Consulente aus dem Hauße jagete, zweifelete ich, in diesem Orte je wieder aufgenommen zu werden. Da habet mir der Herr Administrator aufgelaueret und mich gefraget, ob ich ihn in seiner Pharmacia behülfelich sein möchet, für Naturalia und Liebesbezeigung.

ADMINISTRATOR
zur Kammer-Magd. Das gehöret nit zur Sache.

Kammer-Magd
Aber so wards doch! Ich sollete in einem Mörsel giftige Hundezungen zerstoßen und tote Hirne im gestockten Blute verrühren –

Femina
Mir werdet hundeübelig.

Administrator
zur Femina. Aber darmit werden ja Kranke gesund gemachet!

Femina
O Gott! *Fällt in Ohnmacht.*

Schultheiss
zur Kammer-Magd, vorwurfsvoll. Ursach seihet Dein Geplapper.

Der Consulente und der Administrator helfen der Femina, in ihr Haus zu kommen.

Kammer-Magd
Sollet ich nun weiter verzählen oder nit?

Schultheiss
ungeduldig. Nur wanns von besonderer Wichtigkeit.

Kammer-Magd
Darhero ziehete ichs also vor, lieber das Weite und mein Brot woanders zu suchen. Auf dem Weg in das benachbarte Röchelstein durchschreitete ich den Grentzwald und sehete – mir wurd gantz heiß am Leibe –

Calfactor
spottet. Einen feuerspeienden Drachen.

Schultheiss
zum Calfactor, unwirsch. Er seihet nit gefraget!

Kammer-Magd
Und plötzlich sehete ich, wie wann Piltze aus der Erden schießen tuen, hunderte von Landsknechten und noch einmal so viele rund um Hertzelichingen, im Dickichtholze wohl verstecket.

Calfactor
spottet. Wers glaubet, werdet selig.

Kammer-Magd
Da könnet keine Maus mehr raus und kein Klein mehr herein.

Eindringling
für sich. Herje, jetzo bin ich gleich zweyemal in Gefahr!

Schultheiss
zum Calfactor. Wann sichs bewahrheiten tuet, was die Kammer-Magd da schwatzet, dann seihet Seine Schildwacht keinen Pfennig wert!

Calfactor
gekränkt. Zur Wacht bin ich des Nachts beschdallet. Tagüber zum Schdundenrufer und Türknecht bei den Schuhbänken. Darzwischen müßet ich klingelen und die Toten verscharren –

Schultheiss
Gewiß, wir haben einige Vakantzen. Aber die Steuereinnahmen reichen kaum für die Besoldung des Collegiums.

Der Calfactor bindet den Eindringling an das Brunnengestänge und besteigt das Turmgerüst.

Kammer-Magd
zum Eindringling. Ach, Ihr Ärmester, scho wieder in Fesselen!

Eindringling
zur Kammer-Magd. Viel ärger noch: Sie drohen mir mit dem Henker!

7. Auftritt

Der CONSULENTE *und der* ADMINISTRATOR *kommen aus dem Haus des Consulente. Der Schultheiß eilt ihnen entgegen.*

SCHULTHEISS
Unser Marckflecken sollet von Soldaten umstellet sein! Heißet das Belagerung?

CONSULENTE
Wir haben nix zum Förchten. Wir stehen unterm Schutze des gestrengen Herrn Juncker vom Hofe des hochgeschätzten Churfürsten.

ADMINISTRATOR
Ja, aber nur solange wir die Interessen für seine Capitalis abführen tuen, was wir aber scho das drütte Jährli nit getuet haben.

SCHULTHEISS
zum Administrator. Hättet Ihr nur besser hausgehaltet und eingesparet, Herr Collega!

ADMINISTRATOR
Wir haben wie immer investiret und speculiret. Die Mühlen mahlen ja brav, aber auf dem Pulver bleiben wir de facto liegen.

CONSULENTE
Juno moneta! Verfluchtes Geld!

CALFACTOR
ruft vom Turmgerüst herunter. Sie kömmen wahrhaftig. Drey Mann hoch vom Walde her. Seind scho bei der Bruckn am Schwarzen Fluß –

CONSULENTE
Periculum in mora!

SCHULTHEISS
zum Consulente. Meinet Ihr etwan: Gefahr seihet im Verzuge?

Consulente
Alea iacta est! Die Würfel seind gefallen!

Administrator
Wann die Pacta nit eingehalten werden, seihet das ein Casus belli!

Schultheiss
Also Krieg! *Zum Calfactor, nach oben.* Dann rufet nach der Burgerwehr!

Calfactor
trompetet in sein Blasinstrument und ruft dann über den Platz hinaus.
Horchet her, Ihr Leut und auchs Gesinde,
was ich Euch in großer Not verkünde –
Waffenröcke nahen unserem Ort,
drum wehret Euch tapfer, sonschd drohet Mord!

Consulente
hat aus der Zeugkammer eine Armbrust geholt und überreicht sie dem Schultheiß.
Herr Collega, ab jetzo seid Ihr auch der Profoß unserer Gemeine und habet das Recht, die Burgerwehr anzuführen und zu befehlichen. Darmit könnet Ihr Euch meritiren!

Schultheiss
Wann aber der Feind obsieget, dann müßet Ihr, als Schulmeister unserer Gemeine, die Begrüßungsrede halten!

Consulente
Mitnixen, Herr Collega. Ein solchener Vortrag stehet nur dem Pickelhering zu.

Schultheiss
ungehalten. Herr Collega! Haben wir denn einen? – Nein, wir haben immer noch keinen!

Administrator
zum Schultheiß. Niemand von uns dörfet der Gemeine zuliebe Ehrenvolles versagen.

CONSULENTE
Ein römisches Sprichwort saget: Heint ich, morgen du! Hodie michi, cras tibi! *Zum Schultheiß.* Ihr seid der Primus!

SCHULTHEISS
Herr Consulente, warum sprechet Ihr »michi«, es heißet ja »mihi«.

CONSULENTE
Wollet mich der Herr Schultheiß reformiren?

CALFACTOR
wie vorhin.
Verschdecket die Weiber und die Kinder,
sonschd werden sie Opfer fremder Schinder!
Bläst in sein hornähnliches Instrument und steigt vom Turmgerüst herunter.

SCHULTHEISS
Herr Consulente, ich lese wies geschreibet stehet!

CONSULENTE
Auch ich könnet lesen! Wer aber was Ehrliches studiret habet, der krieget eine weiche Zunge. Ich bleibe darbei: Es heißet »michi«!

SCHULTHEISS
zum Calfactor. Er seihet doch Sergeant der Schildwacht –

CALFACTOR
nimmt Haltung an. Jawohl, Herr Profoß!

SCHULTHEISS
Ich ernenn Ihn hiarmit zum Caporal der Schildwacht!

CALFACTOR
Hoche Claritát, ich bin zutiefschd gerühret.

SCHULTHEISS
Ihm unterstehet jetzo die gesamte Burgerwehr, mit welchener Er für die Verteidigung von Hertzelichingen zu sorgen habet! *Übergibt dem Calfactor die Armbrust.*

CALFACTOR
hebt die Schwurfinger hoch. Ich nehms auf mein Gewissen, so wahr mir Gott auch nit helfen sollet.

SCHULTHEISS
Den Bestallungsbrief werdet Ihm der Herr Kantzelläri ausstellen, sofern Er nit zuvorderest den Heldentod erleiden tuet. Und jetzo sag ich Ihm mit einem guten Latein: Ad arma!

Der Calfactor geht in die Zeugkammer, um sich Brustharnisch und Helm anzulegen.

CONSULENTE
Herr Collega, daß Ihr auf Lateinisch zu den Waffen rufen könnet, machet Euch noch nit zu einem Litterator!

SCHULTHEISS
Herr Collega, buchstabieret doch: »Em« und »i« seihet »mi«, so wie »ha« und »i« »hi« seihet. Darhero: »Mihi«!

CONSULENTE
Die Gelahrten reden anders als die Bauern! Buchstabieret doch: »Em« und »i« seihet »mi«, so wie »ach« und »i« »chi« seihet. Darhero: »Michi«!

CALFACTOR
zum Schultheiß. Herr Profoß, was sollet mit dem feschdegenommenen Eindringeling geschehen?

SCHULTHEISS
Einlochen! Die fremden Militari solleten zur Abschreckung sehen, daß wir auch Gefangene machen kunnten.

CALFACTOR
zum Eindringling. Er habet den Befehlich gehöret. *Löst den Strick des Eindringlings vom Brunnengestänge.* Vorbei seind jetzo Einschleicherei und Schacherei. – Abmarsch!

Eindringling
zur Kammer-Magd. Vielleicht schützet mich das Verließ vor den nahenden Grausamkeiten.

Kammer-Magd
zum Eindringling. Ich bleib in Seiner Nähe.

Der Calfactor, der Eindringling und die Kammer-Magd trotten fort. Aus der Ferne sind Trommelschläge zu hören.

Administrator
Meine Herren Collegae, die Angreifer kunnten jeden Moment hiar anlangen.

Consulente
zum Administrator. Ich bitt Euch, störet nit unseren Disput!

Schultheiss
Herr Consulente, Ihr dörfet dann auch nit sprechen: »Tibi«, sondern »tichi«!

Consulente
zornig. Ihr habet Heckerlinge im Gehirne! Zwischen »tichi« und »tibi« magna est differentia!

Die Trommelschläge sind jetzt deutlich zu hören.

8. Auftritt

Der Petitor *schleicht unentdeckt aus dem Haus des Schultheiß und sieht die drei Herren des Collegiums beisammenstehen.*

Petitor
für sich. Ah, endelich werdet meine Beförderung ausgehandelet! *Bleibt abseits stehen und versucht etwas von dem Gespräch zu erlauschen.* Ich merke scho, wie der Administrator für meinen siebenköpfigen Taler seinen Kopf hinhalten tuet –

Administrator
Meine Herren Collegae, ich schlage darhero vor, zu diesem Streite den ehrwürdigen Pater Pastor beizuziehen. Sollet er doch darüber befinden –

Petitor
für sich. Oho! Die Kirchen sollet mich also noch einen zweiten Taler kosten –

Consulente
Patria est, ubi bene est. Mit dem Pater Pastor halt ichs, wanns ums gute Essen gehet, aber des Latein halber kömmet ich nit zu ihm. Drum sprech ich nachher wie vorher: »Michi«!

Petitor
für sich. Nein, nein – die Herren scheinen anderes auszubrüten.

Die Trommelschläge werden lauter. Der Petitor flüchtet in die Bierkellerei.

Administrator
zum Schultheiß. Herr Collega, wollet Ihr wahrhaftig einem Lehrer des edelen Latein Regelen vorschreiben?

Consulente
zum Administrator. Turpe est Doctori! Eine Schande für einen Meister seines Faches!

Schultheiss
Mit Verlaub, Herr Consulente, eine Correctura kunnt auch dem Gelahrtesten aller Gelahrten von großem Nutzen sein.

Consulente
Wann das Quintilianus erlebet hättet!

Marschtritte und Trommelwirbel in unmittelbarer Nähe. Der Schultheiß, der Consulente und der Administrator stieben auseinander. Erstere verschwinden in ihren Häusern, deren Fenster und Tore zugeschlagen und verriegelt werden. Der Administrator humpelt in die Bierkellerei.

9. Auftritt

Der FÄHNRICH *mit einer schwarzen Standarte, auf der das Skelett eines Geiers abgebildet ist, und der trommelnde* GEFREYTER *mit einem Feuerrohr über der Schulter, marschieren hintereinander im Gleichschritt zur Platzmitte. Hinterher der* MAJOR *mit gezücktem Säbel, den er bei manchen Schritten als Gehstock benützt.*

MAJOR
befiehlt. Das Gantze – halt!

Der Gefreyter hält mit dem Trommeln inne, der Fähnrich rammt die Standarte in den Boden.

MAJOR
Alle hören jetzo auf mein Comando!

GEFREYTER
zum Fähnrich. Meinet er uns zweye?

FÄHNRICH
zum Gefreyter. Ich sehe sonst weder Hund noch Katz.

MAJOR
sieht sich um, brüllt. Ja seind wir die Pestilentz oder war dieselbige scho vor unser hiar?

GEFREYTER
Feige Memmen!

FÄHNRICH
deutet auf die Standarte. Oder abgefeimte Ertzvögele.

MAJOR
Die Kriege seind rar geworden. Drum kennet das gemeine Volk seine Beschützer nit mehr. Habens Feinde zum Förchten, leckens einem die Stiefel. Gehets ihnen gut, dörfen wir sie am Arsch lecken. Aber sie werden uns noch kennen lernen! Denn solange wir hiar auf Execution liegen,

kunnten wir ihnen das Unterste nach oberst und das Oberste nach unterst kehren.

GEFREYTER
Mit eisernem Besen!

FÄHNRICH
Dörfte sich aber noch nit herumgesprechet haben, sonst hättens uns ein anständigs Willkömm geheißen.

MAJOR
Wehe, wann die Gemeine nit blechen könnet, dann werden wir solange fouragiren und mortifitziren, bis sie auf den Knien um Verschonung winselen. Auch stehet uns zu, Rad und Galgen anzuwenden!

GEFREYTER
Wo bleibet nur der Begrüßungstrunk?

MAJOR
Himmeldonnerwetter! Unsere Gurgeln seind ausgedörret und kein Pickelhering zur Stell, der einen ordentlichen Humpen kredentzet.

FÄHNRICH
Hiar, Herr Major, ein Brunn!

MAJOR
trinkt vom Brunneneimer, speit das Wasser aber gleich wieder aus, verächtlich.
Purer Schwefel!

Der Gefreyter bringt das Feuerrohr in Stellung.

FÄHNRICH
Wir solleten mit der Visitation beginnen, ehender uns das Taglicht abhanden kömmet.

MAJOR
deutet auf das Turmgerüst. Herr Fähnrich, hißet unser Hochheutszeuchen auf der Spitzen dieses Münaretts, darmit das Volk sehet, wer hiar regüret!

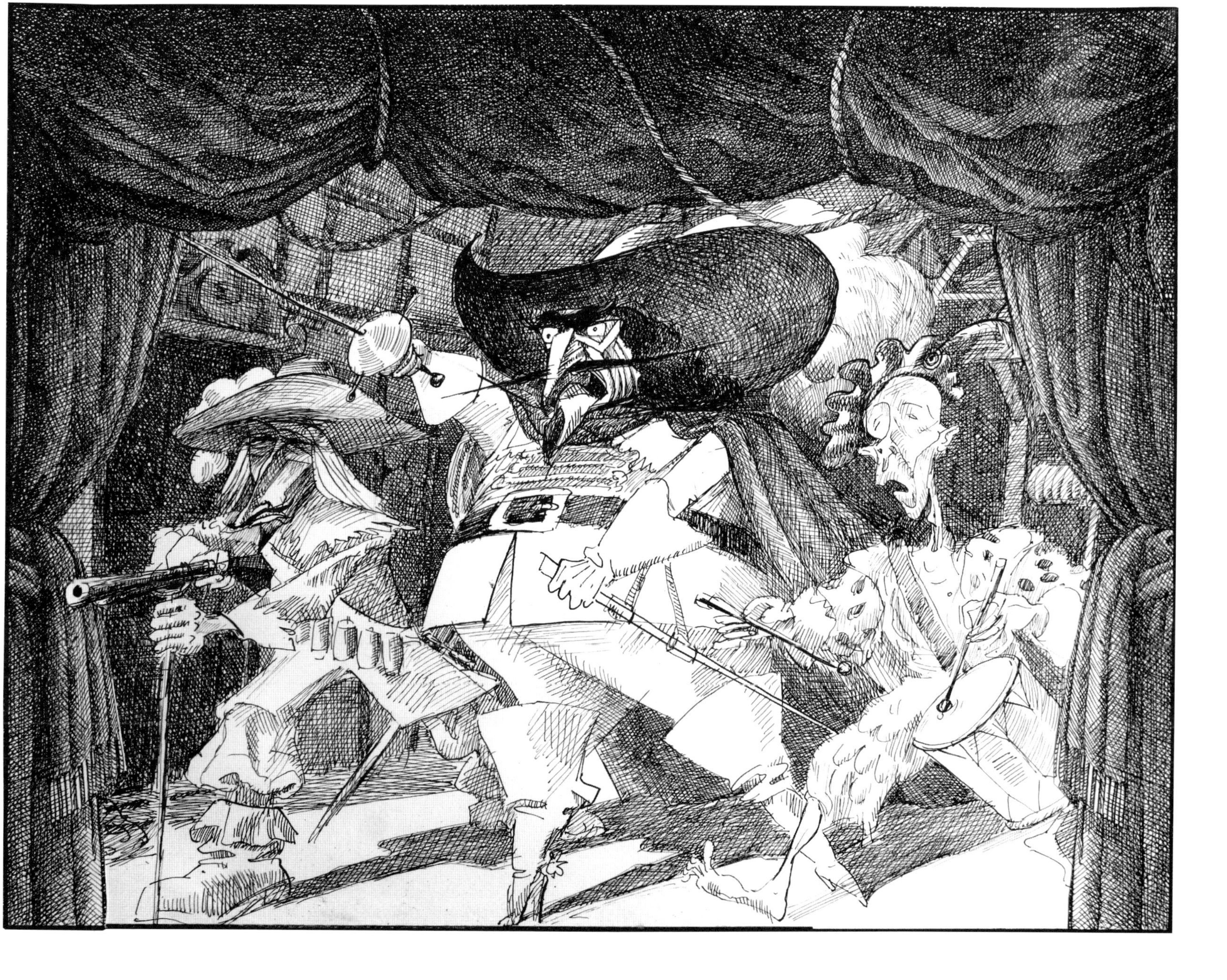

Fähnrich
Jawohl, Herr Major! *Klettert auf das Turmgerüst und befestigt oben die Standarte.* Sollen merken, daß wir nit zum Vergnügen hiar seind! *Steigt herunter.*

Major
Ladet die Musquete, Herr Gefreyter! Wir wolleten einen solchenen Plescher loskartätschen, daß alle die Hosen vollkriegen.

Gefreyter
meldet. Das Zündkraut seihet auf der Pfanne, Herr Major.

Major
hält den Säbel hoch. Aufgepaßet! Mein Comando werdet heißen – *Hält inne.*

Gefreyter
hält sich die Ohren zu, zählt. Eyne, zweye, dreye, vüre, finfe –

10. Auftritt

Aus dem Haus des Schultheiß kommt die Filiola *gelaufen. Ohne auf die anwesenden Soldaten zu achten, bleibt sie bei den Schuhbänken stehen.*

Filiola
Mein Herr Freyer, die Lieb-Mutter saget, Ihr sollet Euch nit wieder verstecken – das Aufgebot seihet scho bestallet. Kömmet hervor, ich sollet Euch in unser Hauß bitten, ehender wirs zur Gäntze verrammelen, weil böse Leut unterweges seind. *Sucht zwischen den Schuhbänken.* Oder saget mir, was ich der Lieb-Mutter sagen sollet, wann Ihr nit hervorkömmet.

Major
steht wie die beiden anderen Soldaten mit offenem Mund da. Feuer!

Ein heftiger Knall ist zu hören.

FILIOLA
fährt zusammen. Mutter, Vater – zu Hülf! Jemand habet mich durchlöcheret! *Lauft schreiend in das Haus des Schultheiß.*

GEFREYTER
zum Fähnrich, nachdem sich die Rauchschwaden verzogen haben. Ward da nit grad ein Weiberrock – oder schwindelet mich scho vor Durst?

FÄHNRICH
zum Gefreyter. Eins wies andere dörfte zutreffen.

MAJOR
Ein solchenes Gespenst auszuschicken scheinet mir eine neue Kriegeslist zu sein!

FÄHNRICH
Zum Förchten ward die Jungfer wahrlich nit.

GEFREYTER
Mit dem Kracher haben wirs verscheuchet.

FÄHNRICH
Schade, wir hättens besser einfangen sollen!

11. Auftritt

Der PETITOR *kommt mit einem gefüllten Krug aus der Bierkellerei und nähert sich vorsichtig den Soldaten.*

GEFREYTER
zeigt zur Bierkellerei. Darfür kriechet dorten einer aus seinem Fuxenloch!

MAJOR
stellt sich vor den Petitor, droht. Was bistu: Spähtrupp, Stoßtrupp oder Kapitulant?

PETITOR
schmeichelt. Hochwohlgeborener Herr Officirer! Eure Erscheinung laßet mein Hertze höcher schlagen. Endelich könnet ich die glückliche Ankunft von zünftigen Männern preisen und sie im Namen der hiesigen Gemeine willkömmen heißen! Zur Begrüßung erlauben sich die Obrigkeiten der Gemeine –

MAJOR
entreißt dem Petitor den Krug. Gebet her! Von langen Reden halt ich nix. *Trinkt gierig.* Endelich ein Gesöff, das die Seele ergetzet!

PETITOR
devot. Braubier vom Feinsten.

Der Major gibt den Krug dem Fähnrich weiter, der ihn, nachdem er kurz getrunken hat, dem Gefreyter reicht.

GEFREYTER
trinkt den Krug leer. Von solchenen Flüßigkeiten kunnt ich noch mehr vertragen.

MAJOR
zum Petitor. Bring Nachschub, Bursche!

GEFREYTER
richtet das Feuerrohr auf den Petitor. So schnell Dich Deine Füßen tragen!

Der Petitor flüchtet mit dem leeren Krug in die Bierkellerei.

12. Auftritt

Der SCHULTHEISS, *welcher die Szene von seinem Fenster aus beobachtet hat, kommt aus seinem Haus.*

GEFREYTER
sieht den Schultheiß. Da kömmet ja das näxte Würmele gekriechet!

SCHULTHEISS
zum Major, geheimnisvoll. Herr Anführer, ich müßet Euch warnen!

MAJOR
zum Schultheiß. Was murmelestu da, elender Stiefelschmierer?

FÄHNRICH
zum Major. Er scheinet nit zu wissen, wen er vor sich habet.

GEFREYTER
zum Major. Sollet ich ihm sein Eingeweid freylegen?

MAJOR
legt den blanken Säbel auf die Schulter des Schultheiß. Raus mit der gantzen Sprach, ehender wir Dich aufschlitzen tuen!

SCHULTHEISS
schlottert leicht. Zu Eurer und unserer Ehr, Herr Anführer, ich müßet Euch warnen!

FÄHNRICH
zum Major. Ein Überläufer!

MAJOR
zum Schultheiß. Wo stecket Euer Gubernator?

Schultheiss
beharrlich. Ich müßet Euch warnen, sich von einem unrechtmäßigen Pickelhering complimentiren zu lassen. Als Schultheiß und Profoß dieses Marckfleckens hab ich die ampteliche Pflicht, Euch mit der vollen Wahrheit zu confrontiren –

Major
packt den Schultheiß beim Kragen. So seihet also Er mein Confrontent?

Schultheiss
strampelt. Nein, bloß Praesident des hiesigen Collegium Comitiale.

Major
schüttelt den Schultheiß. Also die Oberratte! Und wo verschantzen sich die anderen Competenten dieser Gemeine?

Schultheiss
Wann Ihr unseren Consulenten, den Schulmeister, meinet, dann stehet Ihr vor seinem Hauße. *Zeigt auf das Haus des Consulente.* Er sollete die Begrüßungsrede halten –

Major
Und, haltet er sie?

Schultheiss
raunzt. Nein, er haltet sie nit.

Major
lässt den Schultheiß los. So werden wir uns diesen Schurken heraustrommelen. *Zum Gefreyter.* Herr Gefreyter –

Gefreyter
nimmt Haltung an und beginnt vor dem Haus des Consulente zu trommeln. Im Namen des gestrengen Herrn Juncker am Hofe und zu Diensten des hochgeschätzten Churfürsten von und zu –

13. Auftritt

Petitor
kommt mit gefülltem Krug aus der Bierkellerei. Das Bier!

Gefreyter
unterbricht seinen Aufruf und eilt dem Petitor entgegen. Na, endelich!

Major
zum Gefreyter, streng. Herr Gefreyter, hab ich Waffenruhe verkündiget?

Gefreyter
nimmt Haltung an. Nein, Herr Major!

Major
Dann schreitet zur Attacke!

Gefreyter
Jawohl! *Kehrt um.* Hurra! *Stürmt lärmend in das Haus des Consulente, indem er das Tor eindrückt.*

Major
setzt sich auf den Brunnenrand, zum Petitor. Jetzo hero mit dem Bier!

Schultheiss
hält den Petitor vom Überreichen des Kruges ab. Auf diesem Kruge hiar fehlet das gemeine Siegel.

Major
Welchener Riegel?

Schultheiss
Das Siegel, worauf ein Pickelhering angeschwöret werdet. Ihr findets auf einer höltzernen Kanne, aber nit auf diesem Kruge hiar.

Major
zum Petitor. Aus was tuestu mir da praesentiren?

Petitor
zum Major. Der Herr Schultheiß selbest habet mir den Posten eines Pickelherings in die Hand versprechet. Jetzo wollet er diese Zusag zurückenehmen und verunglimpfelichet mich bei Euch.

Schultheiss
zum Petitor. Und er habet mir verprechet, zuvorderest meine Filiola zu ehelichen. *Zum Major.* Nun, habet er? – Nein, er habet nit!

Major
Alles Papperlapapp! *Zum Petitor.* So schüttestu halt das Bier in die höltzerne Kanne mit dem Riegel und darmit seihet allen Genüge getan.

Schultheiss
empört. Eine solchene Beförderung verstoßet gegen unser Regelement!

Major
zornig. Eure Regelemente seind ausgesetzet, solange ich hiar das Comando führe! Herr Fähnrich, verschaffet mir diese höltzerne Kanne!

Fähnrich
nimmt Haltung an. Jawohl! *Packt den Schultheiß am Kragen.* Und Er werdet mir darbei behülfelich sein.

Schultheiss
Die Kanne seihet in meinem Hauße wohlverwahret.

Fähnrich
Dann habet das Suchen bald ein End. *Geht mit dem Schultheiß in dessen Haus.*

Major
zum Petitor. Den Krug! – Sonst werdet das Bier noch fadig.

Der Petitor überreicht dem Major den Krug, der daraus trinkt.

Petitor
beflissen. Sollet ich dem Herrn Major darzu ein lustigs Trink-Lied vortragen? *Klimpert auf seinem Saiteninstrument.*

Major

wischt sich den Schaum vom Mund. Solange hiar noch Blut fließen könnet, seihet das Amusement fehl am Platze.

Petitor

Oder wollet Ihr vielleicht ein traurigs Klag-Lied hören? *Klimpert auf seinem Saiteninstrument.*

Major

Darnach seihet mir scho ehender zumut.

Petitor

begleitet die nachfolgenden Verse auf seinem Saiteninstrument.

Das Lied vom Schücksal der armen Soldaten.

Landsknecht seind stündlich in Gefahr,
zu Wasser oder zu Lande.
Kein eyntzger Ort seihet fürwahr
förderlich für ihren Stande.

Bei Hitze, Frost, Regen und Schnee
hocken andre sicher im Hauß,
in weichen Betten ohne Weh,
nur die Soldaten müssen raus.

Lausig es ihnen ergehet,
wann sie Durst und Hunger leiden.
Wer in Kämpfen nit bestehet,
müßet im Grase liegn bleiben.

Meist verwundet, stets verfeindet.
Krüppel, die der Schlacht entkömmen,
niemand um sie wirklich weinet.
Gott, erbarm Dich ihrer. –

Major
Amen! *Unterdrückt ein Schluchzen.* Wie wahr, wie wahr! Mir zerrinnets Hertze! *Nach kurzem Schnäuzen.* Ehender ich gantz vertrockene – *Trinkt den Krug leer.*

14. Auftritt

Der Gefreyter, *mit Büchern unter beiden Armen, drängt den* Consulente *aus dessen Haus.*

Gefreyter
Herr Major, Befehlich ausgeführet! Hiar seihet der Feind Numero zweye!

Consulente
Vorgeführet werd ich wie ein Dieb. Ich protestire darwider!

Major
zum Consulente. Sollet ein fürnehmer Officirer, wie ich einer bin, zuvorderest drum bettelen, angehöret zu werden?

Consulente
Quis potest resistere armatis.

Major
Was quatschet Er da?

Consulente
Das Lateinische seihet fürnehmen Ohren wohl zu beschwerlich. Ich sagete nix weiter als: Wer könnet einem Bewaffneten scho Widerstand leisten –

Gefreyter
So wie Er ausschauet: Nit einmal mit einer Kanon.

Major
zum Consulente. Er seihet also der zweite Oberhalunke, der in diesem Flecken das Sagen habet.

CONSULENTE
Ich bin hiar der Schulmeister, der den römischen Cultus mit dem darzugehörigen Lateine lahret.

MAJOR
grimmig. Und darmit verderbet was jung seihet und ein tapferer Landsknecht werden möchet, ha?

GEFREYTER
Hinter diesen Büchern habet er sich verstecket, als ich im Hauße ward. Da sie mir verdächtig erscheineten, hab ich sie gleich requiriret.

MAJOR
zum Consulente. Was bezwecket Er mit diesem Bücherpack?

CONSULENTE
Die Menschheit vor unbilligen Taten bewahren. Absit violentia rebus!

MAJOR
Zaubersprüch! In Wahrheit: Um die Menschheit zu betören! *Zum Gefreyter.* Gebet her, ich wollets sehen!

Der Gefreyter übergibt dem Major ein Buch nach dem anderen.

MAJOR
schlägt auf, liest. Wie ichs vermutet: Ein Hexeneinmaleins.

CONSULENTE
Linguarum regina, Herr Major! Die Königin der Sprache.

MAJOR
Horatius, – Petronius, – Ovidius –

CONSULENTE
Römische Dichter, Herr Major. Magnificentia!

MAJOR
Also Brunnenvergifter.

Gefreyter
empfängt ein Buch nach dem anderen. In den Brunn darmit! *Wirft sie einzeln in den Brunnen.*

Consulente
Flagitium!

Major
Plinius, – Livius, – Tacitus –

Consulente
Römische Gelahrte, Herr Major. Granditas!

Major
Lauter Christenfeinde.

Gefreyter
wie vorhin. Zum Inquisitor mit ihnen!

Consulente
Seind ja scho alle tot.

Gefreyter
Um so besser. Dann kunnten sie uns nix mehr anhaben. *Wirft die Bücher in den Brunnen.*

Major
Lucretius, – Vergilius, – Aurelius –

Consulente
Römische Philosophen, Herr Major. Maiestas urbis!

Major
Volksverräter allesamt.

Gefreyter
wie vorhin. Ersaufet wohl! *Wirft die restlichen Bücher in den Brunnen.*

Consulente
Mir brechets das Hertze!

Major
Brechen werd ich Sein Rückegrat, wann Er nit geschwind jene Bücher herzeiget, worin Gewinn und Vorteil der Gemeine ausgeweiset seind.

Consulente
Solchene Bücher führet der Apothecarius dieses Ortes. Seine Professio seihet nämelich die eines Administrator.

Major
Noch so ein Klugscheißer?

Consulente
Er gehöret zu unserem Triumvirat.

Major
zum Petitor. Pickelhering, verschaffe mir diesen Triumvirator!

Petitor
Er habet sich in der Bierkellerei eingerichtet.

Major
Dann hiarhero mit ihm! *Wirft dem Petitor den leeren Krug zu.*

Der Petitor eilt in die Bierkellerei.

Consulente
eindringlich. Bei Eurer Fürnehmheit, Herr Major, dieser listige Mensch, den Ihr da schicket, habet niemand zum Pickelhering bestallet! Nuda veritas – die nackte Wahrheit.

Major
zornig. Was randalieret Er da? Bei meiner Fürnehmheit? Bei Seiner Niederträchtigkeit, sag ich: Dieser Bursch da ward der eyntzige, der mich in allen Ehren empfangen und mich vor dem Verdursten bewahrete. Und wer ihn nit respectiret, den laß ich aufspießen wie einen Brocken Hammelfleisch!

Consulente
jammert. Res pessimi exempli!

Gefreyter
packt den Consulente am Kragen. Du römischer Bastard, was sollet das nun wieder heißen?

Consulente
kleinlaut. Die Sach mit dem Pickelhering seihet ein gar schlimmes Beispül.

Major
zum Consulente. Fanget so Seine vergeßene Begrüßungsred an?

15. Auftritt

Femina
aus dem Fenster des Hauses des Consulente. Herr Gefreyter, wollet Er nit in unserem Hauße Quartier machen? Hiar seihet alles, was so ein junger Soldat für seine Bequemelichkeiten nötig habet. Auch kunnt Er in Ruhe auf der Trommel üben, wann Er wißet, was ich darmit meinen tue.

Gefreyter
zur Femina, erfreut. O ja, gern! Aber zuvorderest müßet mir der Herr Major die Erlaubnüß decretiren.

Consulente
zur Femina, klagt. Teure Gemahlin, bedünket doch: Sie haben meine geliebte Bibliotheca eliminiret!

Femina
So hab ich endelich Platz für eine breitere Bettstatt! *Schließt laut das Fenster.*

Major
zum Consulente. Wie stehets mit den anderen Weibern hiar im Ort? Wie häßlich seind die Willigen und wie unwillig die Wohlgerundeten?

16. Auftritt

Aus dem Haus des Schultheiß stürmt die SCHULTZIN *auf den Major zu. Hinter ihr der* SCHULTHEISS *mit der hölzernen Kanne.*

SCHULTZIN
zum Major, aufgeregt. Herr Obercomandirer, wie könnet Ihrs zulassen, daß Euer Untercomandirer versuchet, mein unschuldig Lieb-Kind zu verführen?

MAJOR
zur Schutzin. Wann Euer Lieb-Kind hoffentelich nit Eurem Ebenbildnüß gleichet und sie ihm auch noch schöne Augen machet, dann werdets wohl Gott und darhero auch Euch gefällig sein.

SCHULTZIN
Was aber, wann er sie mit Gewalt nehmet?

MAJOR
Ich höre kein Wehgeschrei, also seihet Eure Beschwer von geringem Wert.

SCHULTZIN
zornig. Himmel und Hölle! Sie seihet aber scho längestens einem Cavaliere versprechet.

MAJOR
grob. Du alte Kupplerin! Einen Fähnrich im Hauße zu haben, seihet allemal eine Ehr!

Aus dem Haus des Schultheiß ist zartes Flötenspiel zu hören.

SCHULTZIN
zum Schultheiß, freudig. Unsere Filiola spielet auf der Flöten!

SCHULTHEISS
zur Schultzin. Womöglich tauget ihr der Fähnrich ehender als der darhergeloffene Trubadur.

Schultzin
Das werd ich gleich selbest eruiren – und reguliren! *Stürmt wieder in das Haus des Schultheiß.*

Gefreyter
Herr Major, sollet ich dem Herrn Fähnrich Assistentia leisten?

Major
Der Herr Fähnrich werdet sich gegen zwey Weiber wohl noch alleine zu verteidigen wissen.

17. Auftritt

Der Petitor *kommt mit dem gefüllten Krug aus der Bierkellerei. Hinter ihm der* Administrator. *Der Major entreißt dem Schultheiß die hölzerne Kanne und schüttet den Inhalt des Kruges hinein.*

Major
So! Von jetzo an saufets sich wies gehöret! *Trinkt.*

Schultheiss
traurig. Alles mit Unrecht.

Petitor
Hiar, Herr Major, recommendir ich Euch den Herrn Administrator. *Zeigt auf den im Hintergrund gebliebenen Administrator.*

Major
wischt sich den Schaum vom Mund und übergibt die Kanne dem Gefreyter, der daraus weitertrinkt, zum Administrator. Er also seihet der Drütte im Bunde, welchener die Gemeine in Schuldhaft bringet.

Administrator
kommt näher. Wann wir auch zur Zeit kein Lucrum erzielen tuen, so agiren wir gantz nach römischer Sitte, wies uns der Herr Consulente angeraten habet.

Major
Auch seihet Er der Quacksalber des Ortes, wie ichs vernehmet.

Administrator
stolz. Medicus Apothecarius, Herr Officirer.

Major
donnert. Dann löcke Er die Wunden, die ich Euch allen schlagen werd, denn meine Execution werdet Euch das Blut aus den Nasenlöchern treiben! Dem gestrengen Herrn Juncker seine Interessen schuldig bleiben, kömmet einem Todesurteile gleich.

Schultheiss
unterwürfig. Wir werden die Schuld gewiß begleichen, Herr Officirer. Gewähret uns nur ein wenig Aufschub.

Consulente
zum Major, vertraulich. Würdet Euer Schaden nit sein. Caritas incipit a se ipso. Die Wohlfahrt beginnet immer bei sich selbest!

Administrator
ebenso wie der Consulente. Wir kunnten Euer gantzes Regiment mit dem besten Schießpulver versorgen.

Schultheiss
nahe am Ohr des Major. Und Euch einen Batzen extra zukömmen lassen.

Administrator
In der Bierkellerei lageret für Euch ein Faß edelen Branntweines.

Gefreyter
Sollet ich darbei dem Herrn Major Assistentia leisten?

Der Major überlegt kurz. Dann legt er den Arm um den Hals des Petitor.

Major
zum Gefreyter. Der Pickelhering werdet mir gesellig sein. *Zum Petitor.* Du habest doch Trink-Lieder in peto?

Petitor
klimpert auf seinem Saiteninstrument. Gewiß, – und ein paar extrascharfe obendrein!

Major
zum Gefreyter. Unterdesset dörfet Er sich absentiren.

Gefreyter
salutiert. Ich werds zu nützen wissen. *Marschiert in das Haus des Consulente.*

Major
mit dem Petitor vor dem Eingang in die Bierkellerei, wendet sich um. Eine schwache Stund geb ich Euch Frist, dann aber bleiben in Euren Häußern weder Ofen noch Fenster gantz!

Der Major und der Petitor verschwinden in der Bierkellerei. Der Schultheiß, der Consulente und der Administrator stecken die Köpfe zusammen.

18. Auftritt

Calfactor
stürmt herbei, die Armbrust in Anschlag. Wo seihet der Feind? *Freudig.* Oho! Geflüchtet! Wie die Laus, wann ich mir den Bart kratz. *Reißt sich Helm und Brustharnisch von Kopf und Leib, steigt auf die Spitze des Turmgerüstes und wirft die Standarte hinunter.* Darfür brauchen wir nit erschd ein Referendum!

Die unten Verbliebenen schauen mit offenen Mündern hinauf.

Calfactor
trompetet in sein Blasinstrument und ruft dann über den Platz hinaus.
Horchet her, Ihr Leut und auchs Gesinde,
was ich Euch von hiar oben verkünde:
Die Schlacht habet sich famos gewendet
und durch Sieg der Burgerwehr geendet!
Hält inne.

Aus dem Haus des Schultheiß dringt zarte Flötenmusik, die von rhythmischen Trommelschlägen aus dem Haus des Consulente begleitet wird.

Vierter Akt / Actus Quartus / Atto Quarto

Früher Abend
(Abnehmendes Tageslicht)

1. Auftritt

Auf den errichteten Schubbänken sitzen zuoberst – in altrömisches Obergewand gehüllt und mit verwelkten Lorbeerkränzchen auf den Köpfen – der SCHULTHEISS, *der* CONSULENTE *und der* ADMINISTRATOR, *etwas unterhalb der* KANTZELLÄRI. *Daneben steht der* CALFACTOR *als Türknecht. Die* KAMMER-MAGD *kauert beim Brunnen am Boden.*

ADMINISTRATOR
Wir brauchen bare Müntze oder alles Brauchbare werdet uns confisciret!

SCHULTHEISS
Samt den Privilegiari, die uns der Landesvater gewähret.

CONSULENTE
Fehlets an Geld, so fehlets an allem. Deficiente pecunia, deficit omne – hör ich Tacitus sagen. *Weinerlich.* Aber der lieget jetzo im Brunnengrabe!

ADMINISTRATOR
Wir müßeten versuchen, den Herrn Officirer nochmals zu vertrösten.

SCHULTHEISS
Und fürderhin seine Demütigungen acceptiren.

ADMINISTRATOR
zum Kantzelläri. Herr Secretarius und Steuereinnehmer –

KANTZELLÄRI
springt auf. Was sollet ich pro forma ins Protocollum schreiben?

Administrator
Nix schreiben, sondern erklären, warum Er heint unseren Pachtmann geschonet. Mit dessen Tributum laßet sich das Schuldenloch bequem verstopfen und darmit auch die Mäuler, welchene ihre Interessen einforderen.

Kantzelläri
Ich ward in großer Eil und kunnt ihn nit lange beknien. *Setzt sich.*

Schultheiss
zum Administrator. Wir solleten uns den Pachtmann selbest vorknöpfen.

Administrator
zum Calfactor. Türknecht, holet uns den Pachtmann vors Collegium!

Kantzelläri
springt auf. Eure Claritäten, der Pachtmann werdet nit zu finden sein, weil er seihet mit seinem Gesinde ins Gebirge gefliehet. *Setzt sich.*

Administrator
Ob mit oder ohne Gesinde – ward sein Hab und Gut darbei?

Kantzelläri
erhebt sich. Da bin ich – ich könnets selbest bezeugen – überfraget.

Administrator
Ihm entgehet doch sonst kein Floh und keine Steuer!

Kantzelläri
Sollet ich den Floh ins Protocollum nehmen?

Schultheiss
Nein! Wir müßeten auf anderes sinnen und der Herr Consulente werdet uns darbei raten.

Der Kantzelläri setzt sich. Aus der Bierkellerei dringen Töne eines Saiteninstruments und die Gesangsstimme des Major.

CONSULENTE
Wie wärs, wann uns der Herr Collega Administrator mit seinen alchymistischen Fähigkeiten statt des schwartzen ein goldenes Pülverchen fabricirete?

ADMINISTRATOR
zum Consulente, empört. Herr Collega, ich bin ein Medicus Apothecarius, aber kein Verhexer!

CONSULENTE
Meine Femina seihet da gantz anderer Meinung.

Der Calfactor schlägt mit dem Holzhammer auf seinen am Brunnengestänge hängenden Brustharnisch.

CALFACTOR
Löbliches Collegium Comitiale! Hab ich die Freyheit, ein Wort zu reden?

SCHULTHEISS
Er dörfet sein Mundwerk auftuen.

CALFACTOR
holt lange Luft. Die Kammer-Magd hättet was zu proponiren.

SCHULTHEISS
Sie habet keine Stimme in unserem Convent.

ADMINISTRATOR
verheißungsvoll. Trotzdessetdem kömmet sie uns sehr gelegen.

SCHULTHEISS
zum Administrator. Wie ernest meinet Ihr das in einer so ernesten Stund?

ADMINISTRATOR
Herr Collega, betrachtet sie doch näher und reduciret sie um Kopftuch, Hemd und Kittel auf dasjenige, was die Natur an ihr gezimmeret habet.

Schultheiss
Eine alte Vettel seihet sie freilich nit, nur etwas mager.

Administrator
Herausgeputzet würdet sie so manches Ofenrohr zum Glühen bringen.

Consulente
In meinem Hauße ward sie hurtig bis zuletzt, das könnet ich nit verleugnen.

Schultheiss
zum Administrator. Was habet Ihr mit ihr vor, Herr Collega?

Administrator
Sie kunnt uns die Frist bis Morgen erstrecken.

Schultheiss
ungläubig. Die Kammer-Magd?

Administrator
Der Major in der Bierkellerei, welchener dorten von dem falschen Pickelhering in Hundessoff gehalten werdet –

Consulente
Wer gut trinket, der schlafet gut. Qui bene bibit, bene dormit – hör ich Ovidius sagen. *Weinerlich.* Aber der lieget jetzo im Brunnengrabe!

Administrator
Wer aber die Nacht mit einem Weibe zubringet, der schlafet doppelt so gut!

Consulente
Woher wollet der Herr Collega das wissen, ohne verheuratet zu sein?

Administrator
Wanns die Dirn verstündet, dem Herrn Officirer zu gefallen –

Schultheiss
Sie werdet darfür bestimmt ein Salarium verlangen.

Kantzelläri
erhebt sich. In der Gemeine-Cassa wohnet zur Zeit kein eyntziger Pfennig!
Setzt sich.

Consulente
Gefahr seihet im Verzuge. Periculum in mora – hör ich Livius sagen. *Weinerlich.* Aber der lieget jetzo im Brunnengrabe!

Administrator
Drum solleten wir handelen!

Aus der Bierkellerei dringt singfreudiges Gegröle.

Schultheiss
Türknecht, bringet die Kammer-Magd vors Collegium!

Der Calfactor packt die Kammer-Magd und führt sie vor die Schuhbänke.

Calfactor
zur Kammer-Magd. Jetzo bischtu dran!

Kammer-Magd
Ihr hochen Herren, ich sehetes mit meinen Augen und könnetes beschwören mit meinem Mund –

Schultheiss
unterbricht die Kammer-Magd. Wollestu uns vielleicht wiederum in Forcht und Schröcknüß versetzen?

Kantzelläri
erhebt sich, spottet. Wahrscheinlich sehete sie eine Heerschar von Engelen, welchene gekömmen seihet, über uns den Geldsack auszuschütten. *Setzt sich.*

Kammer-Magd
zum Kantzelläri. Ich sehete ein eyntziges Wesen nur – und das ward irdischer, als Ihr denket.

Administrator
zur Kammer-Magd. Antwort uns besser: Wie gefallen Dir die Soldati? Seind doch schmucke Kerle aus gutem Schrot und Korn. Jeder ein Held für sich –

Kammer-Magd
Ja, aber auf jede Heldentat kömmen meist zehn Schandtaten.

Schultheiss
zur Kammer-Magd. So ein Officirer – wäret der nit das Maximum Deiner Begehrlichkeiten?

Kammer-Magd
Was wolleten die hochen Herren von mir hören?

Administrator
zur Kammer-Magd. Einem solchenen Officirer kunntestu doch seine harte Existentia ein wenig versüßen –

Kammer-Magd
Ei, sollet ich ihm seine Montur politiren oder ein saftiges Wildschwein zubereiten?

Administrator
zur Kammer-Magd. Nein, nein, keine beschwerlichen Dienstbarkeiten. Du sollest bloß seine Hand in die Deine nehmen –

Kammer-Magd
Um ihn daraus sein Schücksal zu verlesen? Nun ja, das fallet keiner schwer, einem Kriegesmann seinen baldigen Tod vorauszusagen.

Schultheiss
zum Administrator. Ein stoltzes Biest, gantz ohne Zweifel. Wir müßeten ihre Conditionen eruiren.

2. Auftritt

Petitor *wird auf der Schwelle der Bierkellerei sichtbar, zupft auf seinem Saiteninstrument und singt.*
Auf, auf! Leeren wir die Krüge in Frieden!
Sorg und Kummer seien von uns geschieden.
Eilt zu den Schuhbänken.
Ich könnet nit mehr allzu lang scharwentzen!
Auch die Musica habet ihre Grentzen.
Eilt wieder vor den Eingang zur Bierkellerei.
Trinken wir auf die Gesundheit des Fürsten.
Auf, auf! Laßet unsre Zungen nit dürsten!
Verschwindet in der Bierkellerei.

Schultheiss
zur Kammer-Magd. Also was wollestu gesehen haben und beschwören?

Kammer-Magd
Wie ein männiglicher Schatten mit einem Grabscheidt hantierete.

Schultheiss
Zu welchenem Zwecke?

Kammer-Magd
Um ein Erdenloch anzufertigen und darin ein Behältnüß, das wie eine Capsa aussehete, zu versenken.

Kantzelläri
springt erregt auf. Ha! Da habet jemand versuchet, sein Vermügen der Steuer zu hinterziehen! Wo seihet diese Stell? Ich müßet unverzüglich hin, ehender wer anderer den Vogel ausnehmet.

Schultheiss
zum Kantzelläri. Herr Secretarius, bringet zuvorderest einmal diesen Verdacht zum Protocollum!

Der Kantzelläri setzt sich widerwillig zu seinem Schreibzeug.

Schultheiss
zur Kammer-Magd. Und wo sollet sich diese Stell befinden?

Kammer-Magd
In meinem Kopfe seihets drinnen.

Schultheiss
Dann spucks heraus!

Kammer-Magd
Gewiß könnet ichs. Zuvorderest aber müßet der arme Mann im Stockhauß in seine Freyheit gesetzet werden.

Schultheiss
So, so! Eine Kammer-Magd wollet also dem Collegium Comitiale mit Repressalia aufwarten?

Kantzelläri
erhebt sich. Vielleicht seinds gar nur Kohlen statt eines Schatzes.

Consulente
zum Kantzelläri. Pro thesauro carbones, heißet das, wann Ers Lateinische besser studiret hättet!

Der Kantzelläri setzt sich wieder.

Administrator
Wann aber die Kammer-Magd die Wahrheit saget und das Vergrabene zur Rettung unserer Gemeine dienete?

Schultheiss
Die Zeit verstreichet, der Aufschub seihet bald zuend, – wir solletens riskieren. Der Eindringeling seihet uns ohnedem von geringem Nutzen. Was meinet Ihr, Herr Consulente?

Consulente
Wir seind in pleno consessu und kunnten votiren.

Administrator
Bleiben wir besser in Consens und verlieren wir keine Zeit.

Kantzelläri
erhebt sich, nervös. Was sollet ich von dieser Debattere zum Protocollum bringen?

Schultheiss
Schreib Er: Das Collegium Comitiale entlaßet den Eindringeling aus seiner Gefangennahme und beauftraget den des Grabens als Totengräber kundigen Türknecht mit der sofortigen Beischaffung des uns noch unbekannten Obiectums, wobei ihm die Kammer-Magd den Weg dortenhin weisen werdet.

Consulente
Um das Unternehmen zu legitimiren, bedörfes aber des amptelichen Auges.

Kantzelläri
aufdringlich. Ich nehms auf mich!

Schultheiss
zum Administrator. Der Herr Administrator als unser Vermügensverwalter werdet die Freundelichkeit haben, die beiden zu begleiten.

Der Kantzelläri setzt sich enttäuscht nieder. Der Calfactor holt aus der Zeugkammer einen Spaten.

Calfactor
zur Kammer-Magd. Gott sei Dir gnädig, wann Du uns betrügeschd! *Entfernt sich mit dem Administrator und der Kammer-Magd.*

3. Auftritt

Der Pater Pastor *kommt mit dem* Lämmelein, *einem jungen Schaf, am Strick, welches er an das Brunnengestänge bindet.*

Schultheiss
zum Kantzelläri. Herr Secretarius, welchene Causi haben wir noch zu erörteren?

Kantzelläri
erhebt sich. Ich sehe den Herrn Pater Pastor. Er scheinet unsere Session besuchen zu wollen. *Setzt sich.*

Consulente
zum Schultheiß. Wollet die Kirchen vielleicht gar Hülfe leisten?

Schultheiss
zum Consulente. Nit auszuschließen wärs, wo wir jetzo in große Bedrängnüß geraten seind. *Zum Pater Pastor.* Ehrwürdiger Vater, Euer Wort seihet nit nur im Ohr Gottes, sondern auch in unserem Collegium willkömmen.

Pater Pastor
Der Herr sei gelobet! Aber eine Geistelichkeit habet nix zu schaffen mit der – wie saget doch der Frantzos? – Politique.

Consulente
Seit wann, Pater Pastor, seind Eure Schafe Schafe?

Pater Pastor
Bin ich doch der Hirte aller Geschöpfe Gottes.

Kantzelläri
erhebt sich. Das habet er gut gesaget. Ich werds pro forma zum Protocollum nehmen. *Setzt sich.*

Schultheiss
Mit Verwunderung gewahr ich ein geflecktes Schaf an Eurem Stricke.

Pater Pastor
Ein Muslimchen unter Christelichen! Der Pachtmann habet mirs soeben überlassen.

Consulente
Sollet das Schäflein etwan getaufet werden?

Pater Pastor
Ei wo! Er sagete, auch die Kirchen sollet von seinem Tribute, den er heint an die Gemeine begleichet, einen kleinen Anteil haben. Einer guten Fürbitt wegen, die seinen Platz im Paradeise bekräftigen helfet.

Schultheiss
Wer aber werdet für sein Futter sorgen und später die Wolle scheren?

Pater Pastor
Nein, nein – das Schaf sollet bloß meinen kargen Abendtisch ein wenig bereicheren. Das Fasten habet mir schwerestens zugesetzet. Da aber eine gute Wirtin bei mir vakant seihet, gedenkete ich zu allernäxt an die werte Frau Schultzin, welchene sich trefflich darauf verstehet, solchene Köstelichkeiten – appreter appétissante, saget der Frantzos, – zuzubereiten.

Schultheiss
In dieser Zeit der Schröcknüße seihet mir Euer Wunsch äußerst genehm, zumal in meinem Hauße ein Fähnrich weilet, den ich für unsere Sache zu gewinnen gedenke.

Kantzelläri
erhebt sich. Sollet ich das Schaf ins Protocollum setzen?

Schultheiss
erhebt sich ebenfalls. Schafskopf! Schreib Er, daß ich die Abend-Session für beendiget erklär!

Der Kantzelläri schlägt mit dem Holzhammer auf den vom Calfactor zurückgelassenen Brustharnisch. Der Schultheiß geleitet den Pater Pastor in sein Haus. Der Kantzelläri will sich mit seinem Schreibzeug davonmachen, wird aber vom Consulente zurückgehalten.

Consulente
In praesenti, Herr Kantzelläri, in praesenti! Er sagete in pleno consessu, daß der Pachtmann ins Gebirge gefliehet sei.

Kantzelläri
bejaht. So hab ichs auch im Protocollum stehen.

Consulente
Wieso könnet sich dann der Pater Pastor rühmen, soeben das Schaf von ihm bekömmet zu haben?

Kantzelläri
schlagfertig. Das wißet nur Gott – und er selbest.

Consulente
Von einem Tribute an die Gemeine ward seine Rede.

Kantzelläri
überzeugt. Ein Mysticum, wie so vieles im Evangelium.

Consulente
streng. Wann einer von euch beiden lüget, dann werdets wohl nit unser geistelicher Herre sein!

Kantzelläri
frech. Veritas in profundo. Was so viel heißet wie: Die Wahrheit habet einen tiefen Grund.

Consulente
Mit Seinen Lateinisch-Kenntnüßen werdet Er sich bei mir kein Lob einhandelen, denn das Sprichwort heißet correctus: Veritas in pueto. Die Wahrheit lieget auf dem Grunde eines Brunnens.

Kantzelläri
höhnt. Wie ichs überall sagen hörete: Nit nur die Wahrheit, Herr Consulente, auch Eure gantze Weisheit.

Consulente
geht händeringend zum Brunnen. Meine geliebte Bibliotheca!

Während sich der Consulente über den Brunnenrand beugt und hinabstiert, läuft der Kantzelläri davon. Aus der Bierkellerei dringt ein lautes Aufjaulen. Der Consulente erschrickt und eilt in sein Haus.

4. Auftritt

Die FILIOLA *stürzt aus dem Haus des Schultheiß auf das blökende Lämmelein zu und umarmt es. Ihr folgen der* FÄHNRICH *und der* PATER PASTOR.

FILIOLA
Nie und nimmer dörfet dem lieben Lämmelein ein Leid zugefüget werden! Ich werds beschützen, als wär ich seine Mutter selbest. *Streichelt das Tier.*

FÄHNRICH
Mein Frouwlein, nehmet doch Vernunft an! Der Kirchenmann bringets Eurer Mutter zum Verzehr und wir alle dörfen am Schmause participiren.

FILIOLA
Wann Er mich verehret, wie Ers dauernd ausposaunet, so schieß Er mit dem Feuerrohr alle tot, die dieses arme Tierchen in der Bratpfanne haben wollen!

FÄHNRICH
entsetzt. Alle? Auch Eure lieben Eltern?

FILIOLA
Ihr habet scho richtig gehöret: Alle!

PATER PASTOR
bestürzt. Ja, kennet Sie nit das Vürt- und Finftgebot, wie Sies in der Schul gelernet?

FILIOLA
Er seihet doch Soldat und würdet bloß sein Handwerk verrichten.

Fähnrich
noch immer entsetzt. Mein Frouwlein, ich bin durch manch häßliches Gemetzel abgebrühet, aber was Sie da von mir verlanget –

Filiola
Seihet nix weiter, als ein unschuldiges Geschöpf vor der Morderei bewahren!
Bindet das Lämmelein los.

5. Auftritt

Der Schultheiss *und die* Schultzin *kommen aus ihrem Haus.*

Schultzin
Ach, mein Lieb-Kind, warum bereitestu uns ein solchenes Schlamassel?

Schultheiss
Jetzo, wo der Cavaliere Bereitschaft zeiget, Dich an seine Heldenbrust zu drücken und Du nit abgeneiget seihest, ihn mit geöffneten Armen zu empfangen.

Pater Pastor
Als Dein Seelversorger seihets meine Pflicht, Dich an die Heilige Schrift zu erinneren: Auch Abel habet dem Herrn ein Schaf geopferet.

Filiola
Und seihet dessetwegen erschlagen worden. Geschehet ihm gantz rechtens!

Pater Pastor
O Gott! Mein Kind, versündige Dich nit durch eine solchene – wie saget doch der Frantzos? – hostilité!

Fähnrich
versucht die Filiola zu besänftigen. Überlaßet ruhig mir das Schaf, mein Frouwlein, ich kunnts auch mit sanfter Hand erlösen.

Filiola
zornig. Schämet Er sich!

Schultzin
will auf die Filiola zugehen. Deine Lieb-Mutter würdets mit traurigem Hertzen transchieren –

Filiola
aufgebracht. Zuvorderest aber müßet Ihr mich erschlagen! *Läuft mit dem Lämmelein davon.*

Pater Pastor
O Gott! Mein Abendmahl!

Schultzin
verzweifelt. Herr, stehe mir bei!

Fähnrich
zur Schultzin. Welchenen von uns drey Herren meinet Ihr?

Schultzin
Herr Fähnrich, was stehet Ihr so dumm herum? Bringet mir die Tochter zurücke!

Fähnrich
nimmt Haltung an. Meine Order erlauben mir nit, einen Kriegesschauplatz ohne Befehlich des Comandirenden zu verlassen. Ich bin Soldat und kein Jägermeister!

Schultzin
zum Pater Pastor. Pater Pastor, Ihr seied doch der Verwalter im Reiche Gottes! Drum eilet und bekehret meine Tochter zur Hejmkehr in unser Reich!

Pater Pastor
Werte Frau Schultzin, bedauerlicherweise taugen meine Füßen zwar zum Gehen, aber nit zum Loffen.

Schultzin
zornig. Weil Ihr mit Euren Latschen dauernd auf dem Gebote des Fastens herumtrampelet! *Zum Schultheiß.* Und Ihr, Vater Eures Kindes, warum stehet Ihr wie angewurtzelet und rühret Euch nit von der Stell?

Schultheiss
Sollets unbedingt ein Schafsbraten sein? Zum Abendbrote kunnt ja auch ein Stückele vom Oxen reichen –

Schultzin
zum Schultheiß, bissig. Dann müßet ich jetzo von Euch ein Trum herunterhacken! *Laut und weinerlich.* Ja seihet hiar niemand imstande, ein Unheil abzuwenden?

6. Auftritt

Petitor
kommt aus der Bierkellerei, zum Fähnrich. Der Herr Major schicket mich, Euch in die Bierkellerei zu beorderen.

Fähnrich
zum Petitor, eifrig. Seihet ein Nahkampf ausgebrechet? Oder sollet ich das Feuerrohr in Stellung bringen lassen?

Petitor
Das Branntweinfaß – er schaffets nit alleine.

Fähnrich
salutiert. Die Pflicht rufet – ich rücke ein! *Verschwindet in der Bierkellerei.*

Schultheiss
zum Petitor. Mein Herr Freyer, Eure Braut seihet getürmet – mit einem Schafe!

Petitor
Mein Glückwunsch! Endelich seihet sie in guten Pfoten.

SCHULTZIN
stürzt sich auf den Petitor. Du falscher Bärenhäuter, Dir werd ichs zeigen!
Will auf den Petitor eindreschen.

PATER PASTOR
hält die Schultzin davon ab. Werte Frau Schultzin, überlaßet das Strafen lieber unserem Allmächtigen!

SCHULTZIN
zum Pater Pastor. Der müßet aber aus einem anderen Holtze geschnitzet sein als mein Gemahl!

SCHULTHEISS
macht sich vor dem Petitor stark. Dieser Frevel werdet Ihm noch teuer zu stehen kömmen!

7. Auftritt

Der ADMINISTRATOR *eilt mit einem Geldbehälter herbei. Ihm folgen der* CALFACTOR *und die* KAMMER-MAGD.

ADMINISTRATOR
jubelt laut. Zum Wohle der Gemeine! Wir seinds imstand! Lauter rote Batzen!

SCHULTHEISS
erfreut. Wie? Was? Wir kunnten die Interessen des gestrengen Herrn Juncker befrieden?

ADMINISTRATOR
Auf Taler und Pfennig!

SCHULTHEISS
Die drohende Execution abwenden und uns vom Joche der Besatzer befreyen?

Administrator
Ehender noch der Mond erscheinet!

Der Petitor verdrückt sich rasch in die Bierkellerei.

Schultheiss
Mir fallet ein Stein vom Hertzen.

Schultzin
zum Schultheiß. Aber ein anderer auf Euren Schädel, wann Ihr unser Lieb-Kind vergeßet! Es dämmeret scho. Wann sie in den Wald geloffen seihet, könnet ihr allerlei Ungemach widerfahren.

Schultheiss
zum Calfactor. Hol Er sofort den Herrn Secretarius hiarhero, darmit wir die Aushändigung in den Papyren verclausuliren könneten. *Zählt mit dem Administrator das Geld nach.*

Calfactor
schmeißt den Spaten in die Zeugkammer, für sich. Jetzo bin ich auch noch Bote der Gemeine! *Marschiert fort.*

Schultzin
zum Pater Pastor. So sprechet wenigestens ein Gebet zum Himmel, darmit meine Filiola errettet werdet!

Pater Pastor
Gewiß, werte Frau Schultzin, aber garantieren könnet ich für nix. *Wendet sich ein wenig abseits, für sich.* Mein Magen knurret wie ein Hund. O Gott, laß mich wie Dich im Frankenreiche sein, wo die Nahrung nit bloß Futter, sondern ein Festessen seihet!

Schultzin
geht auf den Pater Pastor zu, vorwurfsvoll. Warum habet Ihr statt des Schafes nit ein Ferkele angenommen?

Pater Pastor
Vielleicht liebet Eure Tochter auch die Säue.

Schultzin
Nein, die liebet sie nit! Die seind den Männern allzu ähnlich!

8. Auftritt

Aus dem Haus des Consulente kommen der Consulente*, die* Femina *und der* Gefreyter.

Consulente
eilt auf den Schultheiß zu. Mich haltets nit im Hauße. Gebets Neuigkeiten, Herr Collega?

Schultheiss
freudig. Wir haben versteckete Gelder ausgegraben.

Administrator
Und sie sofort confisciret!

Consulente
Quo iure? Mit welchenem Recht?

Administrator
Als Vorauszahlung für die Hinterziehungssteuer.

Schultheiss
Die das Fündige bei weitem aufwieget.

Kammer-Magd
zum Consulente. Bin ich jetzo rein vom Makel, eine Diebin zu sein?

Administrator
Sie habet uns den Schatz verraten, ohne sich zuvorderest selbest zu bedienen.

Consulente
Wäret auch nit weit gekömmet. Unser Ort seihet ja umzingelet!

Schultzin
Umzingelet? *Einer Ohnmacht nahe.* O Gott, mein Lieb-Kind in Händen von Gewaltigern –

Pater Pastor
stützt die Schultzin. Förchet nit gleich das Schlimmeste, werte Frau Schultzin. Es sei denn, daß Eure Tochter sich selbest was antuen möchet.

Schultzin
Jesus und Maria! *Fällt in Ohnmacht.*

Schultheiss
zum Pater Pastor. Ehrwürdiger Vater, ich bitt Euch, bringet sie ins Hauß, denn ich müßet hiar meines Amptes walten.

Der Pater Pastor schleppt die Schultzin mühselig in ihr Haus.

Femina
zum Gefreyter. Wäret hoch an der Zeit, wann sie so ein Recke, wie Ihr eyner seid, von der Jungfernschaft befreyen tätet.

Gefreyter
zur Femina. Auf unsere Compagni seihet Verlaß. Da stehet alles stramm. Selbest der niederigste Stallknecht vermöget ihr das Hertze aus dem Leibe zu reiten –

Femina
zum Gefreyter, verzückt. Ach, warum hab ich nit die gantze Compagni zum Manne!

Kammer-Magd
zum Schultheiß. Eure Claritát, wo sollet ich nur die Nacht zubringen?

Schultheiss
zur Kammer-Magd. Morgen seihet wieder ein Tag, da werdet sich scho was finden lassen.

Administrator
zur Kammer-Magd. Meine Apotheca habestu ja ausgeschlagen. *Zum Consulente.* Herr Collega, in Eurem Gesinde seihet doch die Kammer-Magd vakant –

Consulente
zum Administrator und zur Femina. Da habet meine teure Gemahlin wohl ein Wörtchen mitzureden.

Femina
zum Consulente. Als Eure Buhlerin könnet Ihr sie haben. *Zum Administrator.* Aber ins Hauß kömmet mir diese Metze nimmermehr!

9. Auftritt

Der Pater Pastor *kommt aus dem Haus des Schultheiß zurück. Gleichzeitig mit dem* Calfactor, *der außer Atem herbeieilt.*

Calfactor
Eure Claritäten, ich wollete, wie mirs aufgetragen, den Herrn Kantzelläri herbeicitiren. Doch in seinem Hauße wards unheimelich schdille. Ich suchete in allen Kammern und findete ihn endelich auf einer Liegeschdatt ausgeschdrecket, ohn ein Lebenszeuchen.

Consulente
Er werdet sich pro forma schlafend gestellet haben.

Calfactor
Selbeschd durch mein kräftiges Rüttelen brachete er keinen Muxer herfür.

Schultheiss
Habet Er versuchet, ihn mit einer Vogelfeder unter der Nase zu kitzelen?

Calfactor
Nein, denn in seinem Munde schdeckete ein geleertes Fläschchen.

Administrator
Kümmelwasser wohl. Das habet ihm noch nie gutgetuet.

Calfactor
»Arsenicum« schdehete drauf geschreibet.

Administrator
beteuert laut. Also aus meiner Apotheca stammets nit!

Consulente
zur Kammer-Magd. Wards der Kantzelläri, der das Behältnüß vergraben habet?

Kammer-Magd
Ja, ich sehete ihn mit meinen Augen und könnetes beschwören mit meinem Mund.

Pater Pastor
macht ein Kreuzzeichen. O Gott, ein schwartzes Schaf, das die gestohlenen Schäfchen ins Trockene bringen wollete!

Consulente
Hab ichs doch geahnet, daß er des Pachtmanns Steuer für sich selbest vereinnahmet habet.

Schultheiss. Der Defraudant werdets morgen vor dem Tribunale verantworten müssen!

Administrator
Ob er wohl kömmen werdet können?

Schultheiss
zum Administrator. Darmit er uns nit wegsterbet, möget der Herr Apothecarius so gefällig sein und mit seinen Ertzeneien noch heint dargegenhalten.
Zum Pater Pastor. Anderenfalls möget der ehrwürdige Herr Pater Pastor seines geistelichen Amptes walten und ihn einsegenen.

Administrator
Mit Hülfe Luzifers wollen wirs probieren.

Pater Pastor
Auf diesen Ertzengele würdet kein Frantzos auch nur einen Sou verwetten!
Zieht mit dem Administrator gemächlichen Schrittes von dannen.

Schultheiss
zum Consulente. Wer werdet jetzo die Überhändigung der Schuldsumme protocolliren? Ein Secretarius seihet vakant.

Consulente
Als Profoß könnet Ihrs ja pro forma auf Euch nehmen.

Schultheiss
Herr Collega, wollet Ihr mich zum Schreiberling degradiren?

Femina
zum Gefreyter. Wollet Ihr nit desertiren und hiar als Secretarius anheueren?

Consulente
zur Femina. Darüber müßet zuvorderest das Collegium Comitiale votiren!

Calfactor
Faschd hätt ich den Schdundenruf vergessen! *Steigt langsam hinauf bis zur Spitze des Turmgerüstes.*

10. Auftritt

Aus der Bierkellerei wankt der schwerbetrunkene Major. *Hinter ihm der* Fähnrich *und der* Petitor.

Major
lallt. Wo seind die Schurken ohne Portmonais? Werden ein Hauß nach dem anderen einnehmen. – Herr Gefreyter, trommelet zum Sturm!

Gefreyter
stellt sich vor den Major. Herr Major, vermelde vollerst Gehorsam, daß sich ein Gefecht erübriget.

Major
zum Gefreyter. Schwatzet nit, sondern zieh Er vom Leder! *Zum Fähnrich.* Herr Fähnrich, spannet den Hahn, wir schießen uns durch jedwedes Hindernüß!

Fähnrich
Herr Major, die Gemeine habet bereits capituliret.

Schultheiss
hält dem Major den Geldbehälter hin. Hiar, Herr Officirer, seihet das Geforderte für den gestrengen Herrn Juncker. – Und jetzo tretet unverzüglich den Rückezug an, denn unsere Privilegiari seind wieder in vollester Kraft!

Major
schnappt nach Luft. Rückezug? Nimmermehr! Wir marschieren vorwärts! *Zieht den Säbel aus der Scheide.*

Petitor
gießt aus der hölzernen Kanne einen Becher voll und hält ihn dem Major vor die Nase. Zuvorderest noch einen Schluck vom würtzigen Met, Herr Major.

Major
hält verdutzt inne. Mein Mundschenk. *Gerührt.* Mein Bruderhertz! *Umarmt den Petitor und trinkt dann den Becher in einem Zug leer.*

Schultheiss
zum Major. Aber über das Erhaltene müßet ordentelich quittiret und gesiegelet werden!

Major
zum Fähnrich. Was wollet dieser Trunkenbold?

Fähnrich
Papyr und Siegel, Herr Major.

Major
Den Garaus könnet er haben! *Torkelt auf den Schultheiß zu und bricht vor ihm zusammen.*

Gefreyter
zum Fähnrich. Unser Führer seihet gefallen.

Fähnrich
zum Gefreyter. Darhero müßet ich jetzo das Comando übernehmen!

Gefreyter
nimmt Haltung an. Zu Befehlich, Herr Fähnrich!

Fähnrich
nimmt dem fassungslos dastehenden Schultheiß den Geldbehälter aus den Händen.
Ich quittire mit meinem Ehrenwort.

Schultheiss
Und was seihet mit der Ehre meiner Tochter?

Fähnrich
Kehret sie unbeschädiget zurücke, so schicket sie mir in unser Lager.
Zum Gefreyter. Fertigmachen zum Abmarsch!

Der Gefreyter schultert das Feuerrohr und versucht vergeblich, den Major hochzuheben.

Petitor
zum Gefreyter. Er müßet ihn unter der Axel zu fassen kriegen.

Gefreyter
zum Petitor. Wir seind nit gewöhnet, Verwundete und Tote abzuschleppen.
Was auf dem Schlachtfeld lieget, das bleibet für gewöhnlich liegen.

Consulente
Wie wahr! Römische Soldaten marschiereten nur erhobenen Hauptes.

Petitor
zum Gefreyter. Ich werd Ihm behülfelich sein. Hab ich für den Hinfall gesorget, so bin ich auch für die Auferstehung in Verantwortung.

Schultheiss
stammelt. Die höltzerne Kanne!

Petitor
stellt die Kanne vor den Schultheiß. Da, nehmet sie! Ich bin des Pickelherings weidlich satt. Mich verdrießets, Männer betrunken zu machen, darmit sie dann den Weibern ausgelieferet seind! Vivat vir! Es lebe der Mann!

Femina
ruft dem Petitor zu. Aber ein richtiger Mann!

Schultheiss
zum Petitor. Die Stelle des Secretarius und Steuereinnehmers seihet demnäxten vakant.

Petitor
zum Schultheiß. Habet Dank für dieses Offerte, aber – *begleitet die nachfolgenden Verse auf seinem Saiteninstrument.*
Wie gut, daß ich nit mitten drin
in diesem trüben Spiele bin!
Wann falsche Rede trumfieret
und die Menschen ungenieret
von andern werden betrüget,
dann seihets von mir gelüget,
nit zu denken mit lautem Hohn,
daß jeder krieget seinen Lohn,
den er sich habet verdienet, –
auf Erdn noch, wie sichs geziemet!

Fähnrich
kommandiert. Das Gantze in Reih und Glied!

Der Gefreyter und der Petitor fassen den Major unter den Achseln und stellen ihn gerade.

Fähnrich
befiehlt. Mir nach! *Marschiert fort. Hinter ihm der Petitor und der Gefreyter mit dem Major.*

Schultheiss
nach kurzem Verharren, pathetisch. Hertzelichingen seihet wieder frey!

Calfactor
von oben. Noch nit, Herr Profoß! Der Fähnrich habet sein Fähnele vergessen! *Steigt vom Turmgerüst herunter und hebt die Standarte auf.* Was sollet darmit geschehen?

Schultheiss
zum Consulente. Was ratet Ihr uns, Herr Consulente?

Consulente
jammert. Kunnten wirs nur für meine Bibliotheca eintauschen!

Schultheiss
Ohne Eure Bücher, Herr Collega, seihet wohl Euer Kopfe leer! *Feierlich.* Ich erkläre diese Standarte zur Kriegesbeute und überlaße sie jenem braven Steuerzahler, der mit seinem Tribute zu unserem Siege beigetragen habet. *Zum Calfactor.* Herr Caporal, bringet diese Auszeuchnung unserem geschätzten Pachtmann!

Calfactor
Jawohl, Herr Profoß! *Für sich.* Zum drütten Male werdet ich heint als gemeiner Bote mißbrauchet! *Geht mit der Standarte fort.*

Consulente
zur Femina. Schade um den Trubadur! Er hättet in eventu die Ars Poetica Latina in eine hübsche Musica setzen und sie zu unserer Ergetzung vortragen können.

Femina
zum Consulente. Wann Ihr nix anderes zu meiner Ergetzung wißet, dann nehm ich lieber ein hitziges Bad. Das netzet und durchpulset mich mehr als Euer langweiliges und trockenes Latein! *Geht in ihr Haus.*

Consulente
beim Brunnen, jammert. Was einmal verdorben seihet, könnet nit mehr wiederhergestellet werden. Quod corrumpitur in prima, non corrigitur in secunda – hör ich Plautius sagen. *Weinerlich.* Aber der und mein gantzer Schatz lieget jetzo im Brunnengrabe!

Schultheiss
schadenfroh. Habet sua fata libelli, Herr Collega. Auch Bücher haben ihr Schücksal.

Consulente
wehleidig. Oh, was für ein grausames Schücksal!

Schultheiss
Tempus edax rerum, Herr Consulente. Die Zeit freßet alle Dinge. Warum nit auch eine Bibliotheca?

Consulente
zürnt. Wehe, wann das Cäsar erlebet hättet! *Geht in sein Haus.*

Schultheiss
nähert sich der Kammer-Magd. Mein Collega, der Herr Administrator, habet sich für Dich mächtig ins Zeug geleget.

Kammer-Magd
Obdach und Arbeit seind meine Bedörfnüße und darhero bei mir vakant.

Schultheiss
anzüglich. Eine Bettstatt in der hinteren Kammer meines Haußes stehet unbenutzet.

Kammer-Magd
Euer Mitleiden ehret mich, doch wollet ich darfür nit das Mißfallen der werten Frau Schultzin einhandelen.

Schultheiss *wendet sich von der Kammer-Magd weg, für sich.* Dann bleibet, wo der Pfeffer waxet.

11. Auftritt

Calfactor
kommt keuchend mit der Standarte zurück. Der Pachtmann laßet ausrichten, auf den Feldern habet er schönere Vogelscheuchen schdehen. *Gibt die Standarte dem Schultheiß.*

Schultheiss
verständnislos. Vogelscheuchen?

Calfactor
Mit weit menschelicherem Antelitze – *Deutet auf das Geier-Skelett in der Standarte.* – als dieses hiar.

Schultheiss
ratlos. Und was solleten wir darmit machen?

Calfactor
Der Pachtmann meinet, die Obrigkeiten der Gemeine solleten sich so ein Fähnele auf das Geßeler-Hütili schdecken.

Schultheiss
verärgert. Undankbares Volk! *Gibt die Standarte der Kammer-Magd.* Da, nimm! Vielleicht bringets Dir eine Finderlöhnung.

Kammer-Magd
Hab ich fürs vergrabene Geld keine Finderlöhnung bekömmet, so krieg ich darfür bestenfalls Hiebe. *Gibt die Standarte dem Calfactor.*

Calfactor
erschrickt. Hiebe? – Mein Schdundenruf seihet scho längschdens fällig!
Wirft die Standarte in die Zeugkammer, wechselt rasch die Bekleidung und steigt auf das Turmgerüst.

Schultheiss
zur Kammer-Magd, vorwurfsvoll. Den Eindringeling habestu dem Tribunale schamlos abgepreßet und darmit das Ansehen unserer Gemeine schwerestens beschädiget.

Kammer-Magd
Das saget Ihr nur, weil ich Eure hintere Kammer nit benutzen wollet.

Calfactor
auf der Turmspitze angekommen, bläst er in sein hornähnliches Instrument und ruft dann über den Platz hinaus.
Horchet her, Ihr Leut und auchs Gesinde,
was ich Euch zu dieser Schdund verkünde:
Der Tag habet manche Wund geschlagen,
drum werdets Zeit, die Nacht anzusagen!

12. Auftritt

Der Eindringling *trägt die bewusstlose* Filiola *herbei, legt sie zum Brunnen, wo sie die Kammer-Magd geschwind mit Wasser anschüttet.*

Calfactor
von oben. Ha! Der freygelaßene Eindringeling versuchet neuerlich zu migriren!

Schultheiss
überrascht. Da seihet ja unser Lieb-Kind wieder!

Calfactor
von oben. Sie lieget wie tot darnieder. Er dörfet ihr was angetan haben.

Schultheiss
hinauf. Schildwacht! Der Eindringeling müßet sofort verhöret werden!

Calfactor
während des Herabsteigens vom Turmgerüst. Und wer sollet das Protocollum schreiben, wo den Kantzelläri gerade der Teufel holet? *Unten angekommen holt er aus der Zeugkammer Brustharnisch, Helm und Hellebarde.*

Schultheiss *zum Eindringling.* Gestehet! Was habet die Jungfer durch ihn erleidet?

Eindringling
Nix weiter als daß sie vor Schröcknüß umgefallen seihet.

13. Auftritt

Die Schultzin*, die schon vorhin aus dem Fenster geblickt hat, kommt aus dem Haus des Schultheiß.*

Schultzin
Hertzebinkelchen! Meine Huhneraugen habens verspüret: Du kehrest wieder zurücke. *Beugt sich zur Filiola.* Kein Wort der Reue? *Zum Eindringling.* Seihet sie gar der Sprache beraubet worden?

Eindringling
Eine solchene Beschädigung seihet bei Frauen nur gantz selten anzutreffen.

Schultheiss
zum Eindringling. Wo habet Er sie gefunden?

Eindringling
Im Walde, wo ich verstecket lag und observirete, wie ein paar Kürassire angereitet kamen und ihr den Weg versperreten –

Schultzin
Um sie mit Gewalt zu nehmen –

Eindringling
Mitnixen! Sie nehmeten das Schaf, das Eure Tochter mit sich führete.

Schultzin
erstaunt. Das Schaf? *Nach kurzem Nachdenken.* Aber das gehöret doch dem ehrwürdigen Vater!

Schultheiss
betroffen. Sein Liebelingsbraten! Da werdet er uns gram sein und seinen Segen einsparen.

Filiola
erwacht aus der Ohnmacht, richtet sich auf. Bin ich im Himmel oder in der Hölle?

Schultheiss
Der Satan müßet in Dich gefahren sein, als Du uns verlaßetest.

Schultzin
Nein, nein, Du bist bei uns, im Himmel!

Filiola
zeigt auf die Schultzin. Schauen so die lieben Engelein aus?

Schultheiss
Ja, wie Deine Lieb-Mutter, die Dich jetzo zu Bette bringen werdet.

Filiola
Meine Freyer – wo seind sie gebleibet?

Schultzin
Du dörfest von ihnen träumen.

Filiola
Bin ich jetzo ein Lämmelein?

Schultzin
Ein störrisch Eselein seihestu.

Schultheiss
Wir werden Dich scho auscuriren!

Der Schultheiß und die Schultzin bringen die Filiola in ihr Haus.

Calfactor
als Schildwacht gerüstet.
Horchet her, ihr Leut –
Beginnt den Platz abzuschreiten.
Bedünket schdets zu Eurem Heile:
Alle Dinge währn nur eine Weile!
Denn Zeit vergehet und wir gehen mit,
heint seind wir noch da und morgen scho nit!
Entfernt sich und ist noch eine Weile zu hören.

Eindringling
zur Kammer-Magd. Dir verdank ich meine Freyheit wieder. Wollestu vielleicht daran teilhaben und fortkömmen von hiar?

Kammer-Magd
Um in ein noch größeres Elend zu geraten? Oder wißet Er einen Ort, wo ich mir mein Brot ehrlich verdingen könnet und verschonet bleib vor der Männer Gelüsten?

Eindringling
Und mir scheinets wie dem Ahasverus bestimmet zu sein, herumzuloffen bis zum Jüngesten Tag.

Kammer-Magd
Bleiben wir. Vielleicht seihet der morgige Tag gnädiger gestimmet.

Eindringling
Das Stockhauß, wo ich eingeriegelet, seihet prallgefüllet mit Pulver, – schwartz wie die Nacht.

KAMMER-MAGD
Auch die Kellerei des Apothecarius seihet voll darvon! Und hinter seinem Haußе: Berge von Salpetererde. Wozu wohl?

EINDRINGLING
Um das Verderben noch zu vermehren.

KAMMER-MAGD
Wie könneten die Leut nur darmit ruhig schlafen?

EINDRINGLING
drängt zum Aufbruch. Drum sag ich: »Gute Nacht«, Hertzelichingen!

KAMMER-MAGD
nimmt ihr Bündel auf. Ich kömmit!

Der Eindringling und die Kammer-Magd entfernen sich rasch.

14. Auftritt

Die KAMMER-MAGD *kommt zurückgelaufen und nähert sich mit leisen Schritten dem Haus des Schultheiß. Dort sammelt sie den von ihr ausgeschütteten Unrat in ihre Schürze und entleert diese vor dem Haus des Consulente. Dann läuft sie in jene Richtung davon, aus der sie vorhin gekommen war.*

Schluss(handlung) / Epilogus / Finale

Ein klassischer fünfter Akt sollte jetzt die Geschehnisse während der *Nacht* zeigen. Diese verläuft aber in Hertzlichingen, entgegen den Befürchtungen des EINDRINGLING, dass der Ort auf einem *Pulverfass* säße, ereignislos. Nunmehr wieder als Fremdling muss er mit der verstoßenen KAMMER-MAGD die Nacht im nahegelegenen Wald zubringen. Ob diese beiden einmal ein Paar werden, steht zu diesem Zeitpunkt noch in den Sternen.

Ungewiss ist auch das Schicksal des KANTZELLÄRI. Gegengift und Krankensalbung hat er erhalten. Selbst wenn er diese Nacht überleben sollte, bestehen Zweifel, ob er jemals wieder die Steuern für die Gemeinde wird einsäckeln dürfen.

Im Zeltlager der den Marktflecken belagernden Soldatentruppe schläft der MAJOR seinen Vollrausch aus, während sich der FÄHNRICH und der GEFREYTER des Bratens erfreuen, welcher von jenem LÄMMELEIN stammt, das die Kürassiere der herumirrenden *Tierschützerin* abgenommen haben.

Mit knurrendem Magen wird daher der um seinen Abendschmaus geprellte PATER PASTOR mit seinem Küsterlein zur Vesper singen und für einen Ersatz des gewaltsamen Fleischentzuges beten.

Lieder von ganz anderer Art trägt der über die Frauen verbitterte PETITOR zur Unterhaltung des Militärs vor, jetzt wieder als vazierender Lautenist, da er ja auf den Posten eines Pickelherings verzichtet hat. Trotz der vielen Lügen und Intrigen, die an diesem Tag in Hertzlichingen die Runde gemacht haben, bleibt diese Stelle weiterhin vakant.

Unbefriedigt die FEMINA des Schulmeisters; sind ihr doch an einem einzigen Tag gleich zwei Männer abhanden gekommen. Und mit ihrem Ehemann wird nach wie vor nichts anzufangen sein. Vor ihrer Tür harrt nur der zurückgekehrte, eigene Kehricht.

Die Schultzin wiederum grollt der Männerwelt, die nicht imstande ist, ihr Lieb-Kind zu freien oder es zumindest von der Jungfernschaft zu befreien. Filiola aber träumt nach ihrer langen Ohnmacht von einem *Himmel*, in den alle lieben Tiere kommen, so auch das entwendete Schaf.

Ihr Vater, der Schultheiss, glaubt zu allen Personen, mit denen er es an diesem Tag zu tun bekommen hat, gerecht gewesen zu sein. Einzige Sorge bereitet ihm in seiner Eigenschaft als Justiziar von Hertzlichingen die Vakanz eines Henkers, um künftig die Qualität seiner Urteile besser zur Geltung bringen zu können. Doch grübelt er nicht lange nach und verfällt alsbald in einen tiefen Schlaf.

Nicht so der Consulente, der ja seine gesamte Bibliothek auf eine Art und Weise verloren hat, wie sie sich in späteren Jahrhunderten bei *Bücherverbrennungen* wiederholen wird. Die Frage, welche Ratschläge er künftig dem Kollegium erteilen soll, lastet schwer auf seinem Gemüte. Er trauert um seine geistigen Quellen und kann nicht einschlafen. Hingegen werden sich anderntags seine Lateinschüler freuen, wenn sie mit der römischen Literatur nicht mehr gequält werden können.

Eine unruhige Nacht ist auch dem Apotheker beschieden. Woher hatte der Steuereinnehmer nur das *Arsenik*? War doch dieser noch nie bei ihm Kunde! In seiner Funktion als Administrator der Gemeinde zerbricht er sich auch den Kopf darüber, wie er durch einen geschickteren Handel mit dem gehorteten Schießpulver die Finanzen des Marktfleckens verbessern und damit auch den *Zinsendienst* an die Schutzherren am kurfürstlichen Hofe bewältigen könne.

Zur Nachtwache bestellt ist der vielseitige Calfactor, welcher auf Grund der Tagesereignisse zwar zum *Korporal* befördert wurde, aber nach wie vor alle vakanten Posten besetzt halten muss, um der Gemeinde etliche Besoldungen zu ersparen. Erschöpft verkürzt er seine Ausschau nach zwielichtigen Personen. *Störenfriede* machen sich ja so oder so bemerkbar, und dann wäre es immer noch Zeit, einzuschreiten, sie fortzujagen oder dem Tribunale vorzuführen. Daher verschnarcht er gemütlich die Nacht zwischen den Schuhbänken.

Das kriegsähnliche Gewitter, welches über den Ort hinweggebraust ist, wird einige Jahrhunderte später als *Zwangsvollstreckung* oder *zivilrechtliche Exekution* bezeichnet und durchwegs von den Gerichten selbst vorgenommen werden.

Schrecken anderer Art kann auch eine *Revision* verbreiten, welche zum Beispiel einer Provinzialstadt im zaristischen Russland angekündigt wurde. Korrupte Beamte hielten andere Gauner für höhere Amtspersonen und es entstand ein Inferno aus Heuchelei, List und Betrug. Nicht so in Hertzlichingen, dem Vorbild für demokratische Verhältnisse und tugendhafte Verhaltensweisen: immer freundlich, ehrlich und alles von Herzen kommend - die menschliche Gesellschaft von heute.

Mit dieser Nacht wird einer jener Tage zu Ende gehen, an dem vier Akte lang zwar finstere Wechselreden gehalten wurden, die aber nicht ernst genommen werden sollten ...

Einband- und Innengestaltung
Ekke Wolf, typic.at
Druck und Bindung: Druckerei Theiss GmbH,
St. Stefan i. Lavanttal

ISBN 978-3-900924-10-2

Verlag Lynkeus
(Hermann Hakel Gesellschaft)

A-1200, Traisengasse 17/28–29
Tel. +43-(0)1-734 22 94
ljuba.goger@aon.at
olgaloy@web.de